ヤンデレ王族騎士の
執愛からは逃げられない
～期間限定の恋人と××活!?～
月城うさぎ
Vanilla文庫

ヤンデレ王族騎士の執愛からは逃げられない

Contents

イラスト／篁ふみ

プロローグ

ノグランド王国の王都東区三番通り。

この通りは王都一の商店街で、常にたくさんの人で賑わっている。

特に若い女性に人気の菓子店前で、キアラ・エリザベス・アランブールは窓ガラス越しに新作菓子を眺めていた。

今日の店主気まぐれの日替わりケーキはなんだろう。

ずっと気になっていたケーキだったらぜひ購入しておきたい。

甘い砂糖菓子とバターの匂いに惹かれていると、どこからか女性の叫び声が聞こえてきた。

「だ、誰かー！　ひったくりよ！」

バタバタと近づいてくる荒い靴音に眉を顰める。

――こんな街中でひったくり？　珍しい。

治安のいい王都で白昼堂々とひったくり事件が起きるなど、あまり聞いたことはない。

だがそっと視線を彷徨わせると、どうやらキアラのいる方向へひったくり犯が近づいているようだ。帽子をかぶった男が婦人用の鞄を持って走ってくる。

キアラは咄嗟に菓子店から離れて路地に身を隠した。

気配を消してひったくり犯が素通りするのを待つ。

男はキアラの存在に気づかないままキアラが潜む路地を走りすぎようとした。が、その瞬間キアラはサッとつま先を出して男の足を引っかけた。

思惑通り、男は盛大にすっころび、キアラの前に奪った鞄が落ちた。

「鞄は被害者に返しておくわよ」

上質な革で作られたポシェットだ。年季が入っているが、大事に扱っていることがわかる。

キアラは軽く埃を叩いて、呻く男に背を向けた。

「クソッ、余計なことを……！」

「っ！」

逆上した男がキアラに飛び掛かろうとした瞬間、キアラは反射的に身をかがめて上体をひねった。

左脚を軸にして、勢いよく男の顎にめがけて蹴りあげようとし……右脚がパシッと誰かの手に受け止められた。

「え……？」

キアラの蹴りが命中する寸前、襲い掛かって来た男は騎士の制服を着た男に羽交い絞めにされた。たまたま運よくこの近くを見回っていた騎士なのだろう。

突然の第三者の登場に驚くが、それよりもキアラは自分の状況を理解できずにいた。蹴り損ねた脚が見知らぬ男に支えられている。

「大丈夫ですか？」

混じり気のない金の髪に、海の色を閉じ込めたサファイアブルーの瞳。

その場にいるだけで場が華やぐような美貌を持った騎士が、キアラを案じるように声をかけた。

――何故この人がここに……。

一度見たら忘れられない超絶美形の騎士の顔は、何度か遠目から見たことがあった。職務中は気難しい顔をしていることが多いが、心配そうに案じてくる表情も見惚れそうになるほど美しい。

だが、問題はそこではない。

――いや、なんで私の脚を放さない？

キアラの蹴りを支えたまま、何故か一向にキアラの右脚を解放しない。

男の鍛えられた手でふくらはぎを掴まれるのは、いくらキアラが図太くてお転婆な令嬢だとしてもなかなかない経験だ。そしてワンピースの裾が膝までめくれているというのも、いい加減羞恥心で耐えがたい。

困惑したまま早く手を放せと視線で訴えると、男はキアラに向かってはじめて微笑を見せた。

「こんな不届き者に褒美を上げる必要はありません。あなたの脚が汚れてしまう」

「は、はい？」

――なにを言っているのかな？

頭に疑問符が増えた。

騎士の手が不埒（ふらち）に動き、キアラのふくらはぎをスルッと撫（な）でる。その瞬間、言いようのない寒気が背筋をかけた。

「ああ、怪我（けが）はしていないようですね。よかったです」

極上の美声で案ずるも、キアラはそれどころではない。

「――ッ!!」

無理やり脚の自由を取り戻しスカートの裾を直して、手に持っていた鞄を騎士に押し付けた。

「し、失礼します……！」

――こわっ！　なんなの、あの人……！

一刻も早くこの場から立ち去らなければ。事情聴取などに巻き込まれたらたまったものではない。

本能的な恐怖を感じて、キアラは一目散に逃げ出した。

いくら顔が良くてもあれはダメだ。

怪我の確認だったとしても、短くない時間女性の脚に触れ続けるのはいただけない。

後ろ姿をねっとり見つめてくる男の視線には気づかないまま、キアラは王都の街中を走り去ったのだった。

第一章

色とりどりの花が美しく咲き始めた春のある日――キアラがひったくり犯を撃退する二週間ほど前のこと。

アランブール伯爵家の令嬢に縁談が舞い込んで来た。

「キアラも先日十八歳になり、めでたく成人を迎えた。そろそろ婚約者を考えねばと思っていた矢先に、ぜひ我が娘を嫁にほしいと言ってくる気概のある男がいてな」

そう誇らしそうに告げたのはキアラの父、アランブール伯爵のダグラスだ。

服の上からでもわかる鍛えられた肉体は、今にもシャツがはちきれそうなほどパッツパツである。

「え？　縁談？　私に？」

いつかは来たらいいなとは思っていたが、まさか成人直後に入るとは思わなかった。動揺のあまり手に取った焼き菓子を指で割ってしまった。

「ええ、お相手はとても素敵な殿方よ。きっとあなたも気に入るわ」

筋骨隆々の父の隣に座る女性はキアラの母、リリアナだ。小柄で細身のため、大男の隣にいると余計華奢(きゃしゃ)に見える。

「俺は反対だ、キアラに縁談なんてまだ早い！」

「そう？　キアラを選ぶなんて骨のある男じゃないか」

「そうだよ！　俺たちの妹を選ぶなんてよほど体力と筋肉に自信があるに違いないと思うぞ！」

——出たわね、筋肉自慢どもめ。

キアラの三人の兄が好き好きに口を出してきた。

アランブール伯爵家は武闘派の一族であり、男たちは皆騎士団に在籍する騎士だ。父のダグラスは第一騎士団の団長を務めている。

三人の兄たちはそれぞれ第一から第三の騎士団に在籍しており、体力と筋肉が自慢で大柄な体躯(たいく)をしている。

最初に異を唱えた長兄のサムは、家族会議中も鉄アレイで腕の筋肉を鍛えている。視界にチラチラと入る上下運動が邪魔で落ち着かない。

「おい、ロブ。お前空気椅子じゃないか。ひとりだけ座っていないなんてずるいぞ」

「じゃあ兄さんたちも椅子をどかしたらいいだろう。これならスクワットもできるし」

「俺はやめとくよ。キアラの視線も冷ややかだしね」

長男のサム、次男のウィル、三男のロブ。

キアラは心の中で長兄から、妹想いだけど暑苦しいゴリラ、温和だけど腹黒いゴリラ、明るい能天気なゴリラと呼んでいた。

――……相変わらず、全員発想が暑苦しいわね。筋肉馬鹿ってじっと座っていられないの？　ちゃんと座ってるのってウィル兄さんだけじゃない。

広いテーブルに着席しているはずなのに狭く感じる。

父と兄たちが揃うと空気が薄く、圧迫感を覚えてならない。室温も上がっているのではないか。

なんとなく酸素の薄さが気になって、キアラは壁際に控えている侍女のパティに目配せした。

長年キアラに仕えている有能な侍女はすぐにキアラの意を汲んで、そっと窓を数センチ開けた。

「お前たち、家族会議中に鍛えるのはやめなさい。妹の未来を左右する話をしているんだぞ？　もっとまじめに聞かんか」

その一言で長男は鉄アレイを床に置き、三男は部屋の隅に追いやっていた椅子を持ってきた。これでようやくまともな話し合いができるだろう。

「で、どこの馬の骨が俺たち三人を倒してキアラを嫁にもらいたいって？」

「当然俺たちが認められるほど腕の立つ相手なんでしょうね」

長男、次男が問いかけた。

「ちょっとやめてよ。なんで私の結婚相手は兄さまたち(ゴリラ)を倒す相手って決めつけてるの？　それじゃあ縁談相手なんて限られてくるじゃない！」

「お前、兄をゴリラなんて……例えるならもっと強そうな動物にしろ」

「そうかな。俺はゴリラでもいいけど。よく見るとかっこいいし」

「えーとじゃあ俺はなににしようかな〜」

ふたたび兄弟間で好き放題語りだした。話がまるで進まない。

――妹の縁談相手より自分に似合う動物探しってなんなのよ、もう！　それに兄さまたちが認める男性って、鍛え上げられた肉体と剣の腕が立つ騎士でしょう。こんなのが結婚相手とか絶対に嫌！

脳筋の兄たちが認める男性なんて脳筋に決まっている！　とキアラは思っている。

母くらい大らかな感性を持っていないと、筋肉自慢の騎士に嫁ぐのは厳しいだろう。そもそも兄たちに嫁ぐ女性を探す方が、キアラの縁談相手を見つけるより難航しそうだ。

キアラの母は、子爵家の令嬢でありながら男性の鍛えられた身体が素敵だと言う奇特な感性の持ち主だ。逞(たくま)しく包容力のある男性が好きで、社交界でキアラの父に一目惚れ(ひとめぼ)し、迫りに迫って結婚まで漕(こ)ぎつけたのだとか。

キアラにとって幸いなことに、母の感性は遺伝しなかった。男臭い兄たちより、もっと貴公子のようにスラッとした男性が好ましい。

――まあ、お父様が選ぶ相手なら身分もしっかりしていて、誠実な男性だと思うけども……。

騎士団長という職業柄、人を見る目はある。娘が不幸になるような縁談は持ってこないだろう。

あいにくキアラには恋人がいなければ、恋のお相手もいない。恋愛がどういうものなのかも理解していない。初恋も未経験だ。

脳筋は少々困るが、誠実な男性であれば互いに歩み寄れるはずだ。キアラは父を信頼しているし、彼が選んだ相手なら望まれるまま嫁いでも構わない。

家同士を結び付ける役に立ち、アランブール伯爵家の後ろ盾となれるなら、これは意味のある結婚になる。

「……お父様。縁談相手の詳細に興味はありませんが、まさか後妻とか二十歳以上も年上の男性に嫁ぐわけではありませんよね？」

「まさか！　お前が幸せになれるかどうかで選ぶに決まっているだろう。さすがに後妻になんて考えていないぞ。よほど若くて健康で誠実で資産があり、愛情深い男じゃない限りは」

なかなかに欲張りな条件だ。

――まあ、後妻といっても、早くに奥方と死別したという可能性もあるものね……。

ダグラスが否定したことで、キアラはそっと胸を撫でおろす。

娘を売るような縁談ではないことがはっきりした。

「わかりました。ではお父様、その縁談をお受けしてもいいです」

「なに？」

全員の視線がキアラに向いた。

おっとりした母が頬に手を当てて、心配そうにキアラの顔色を窺ってくる。

「待て、私はまだ相手が誰かも告げていないが？」

「ええ、結構ですわ。特に興味がないので」

一般的な令嬢と違って、キアラは恋愛結婚に夢を見ていない。

両親の仲は良好で、愛情深い家族の元で育ったため愛ある夫婦に憧れはあるが、恋愛経験がないので条件で選んだ方がいいと思っている。

それに騎士団長の娘への縁談となれば、相手は十中八九彼の部下のはずだ。もしかしたら兄たちの知り合いかもしれない。

――話し合いができるゴリラならいいなぁ……。

あと心優しくて、むさくるしさはありませんように。できれば体毛も薄い人が好ましい……なんて注文は言い過ぎだろうか。

幼い頃から剣を振り回し、肉体ばかり強化してきた兄たちを見て育ったので、暑苦しい筋肉にはうんざりしている。

しかしきっと自分の婚約者もムキムキなのだろう。一般的な貴族の貴公子や文官が騎士一家の伯爵令嬢を娶(めと)ろうなどと思うはずがない。なにか起これば命の危機だ。

――ならば、今のうちに！

キアラは結婚を受け入れる代わりに、条件を突きつけることにした。

「私はお父様が選んだ相手の元なら、誰でも嫁ぎましょう。ただし、ひとつ条件がありますす」

「な、なんだね？　言ってみなさい」

娘に条件と言われてダグラスはたじろいだ。

鋭い眼光はいつになく困惑の色を滲(にじ)ませている。

「一年間、私に自由な時間をください。私が望んだこと、好きなことをなんでもしても咎(とが)めないという自由時間を与えてくださるのであれば、どこへだって嫁いでも構いません」

「なんだって？」

ダグラスが目を瞬いた。

まさかそんな交換条件をつけてくるとは思わなかったとでも言いたげだ。兄たちまで顔を見合わせている。

「あらあら、自由時間の交換条件なんて、考えたわね～」

母がころころ笑った。

娘の条件を怒るどころか、賢いとでも褒めそうな声音だ。

——だって、他家に嫁いでしまったら外聞を気にしたり、好きに出歩いたりできなくなるかもしれないじゃない！

嫁ぎ先の家に合わせて肩身の狭い思いをするかもしれない。そうなれば、好きに過ごせる時間は非常に貴重だ。

「一体その一年間でなにをするつもりだ」

やや過保護な長男のサムが難色を示す。

「風紀を乱すようなことは認められないよ？」

次男のウィルまでもがキアラに探るような視線を投げた。

「風紀を乱すって、なにを想像しているの？　私はただ、好きなだけミカエル様を応援したいだけよ」

「ミカエル？　どこの家のミカエルだ？」

父が問いかけると、母は少女のように頬を上気させた。

「わかるわぁ、キアラ。ミカエル様はすごく素敵よね！　お母様も何度胸をときめかせたことか……」

　妻が夫以外の男に胸をときめかせている。

　愛妻家のダグラスは愕然(がくぜん)とした。

「おのれミカエル……！　私の娘までではなく妻まで誑(たぶら)かすとは……！」

　隙あらば息の根を止めてやろうという気迫を感じ、キアラは息を呑(の)んだ。

　立ち上がろうとする父を慌てて止める。

「待ってお父様、違うから！　ミカエル様は白薔薇(しろばら)歌劇団のミカエル様よ！　とっても人気な歌劇団で団員は全員女性！　男役も男装している女性だから。お父様も名前くらい聞いたことあるでしょう？」

　年々勢いを増している白薔薇歌劇団は、今では周辺国にまで知れ渡っているほど人気を博しているノグランド王国一の歌劇団だ。

　劇団の創立はまだ三十年ほどと浅いが、数年前から破竹の勢いで頭角を現したのが歌劇団一人気の高いミカエルだ。今では彼が劇団の顔になっているが、性別は女性である。

　キアラが王都の劇場で白薔薇歌劇団の公演をはじめて観(み)たのは、五年前の十三歳のときだ。

　舞台の上で歌って踊るミカエルを観たときからすっかり彼の虜(とりこ)になった。

　胸いっぱいに広がる高揚感が忘れられなくて、彼の歌声に恍惚(こうこつ)とした気持ちになった。

しばらく熱病にでもかかったようなふわふわとした心地が消えず、キアラの心はすっかり白薔薇歌劇団に持って行かれてしまった。

そしてはじめて舞台を見た日から、ミカエルが退団するまで彼を応援することを誓った。

年々人気すぎて倍率が上がっていくチケットをなんとか入手し、可能な限り王都の劇場に通い続けて数年。歌とダンスと美しさに磨きがかかるミカエルに衰えは見えず、何度観ても舞台を観た後の高揚感は筆舌しがたい。

——一年間の自由時間で、これまで以上にミカエル様を応援できたら、きっぱり諦められる……！

決して彼に恋をしているわけではない。

ただキアラにとってミカエルは特別な存在なのだ。

落ち込んだときや、悲しいときも、次にミカエルの舞台を観られることだけを励みにして生きてきた。

ちなみにキアラの母のリリアナはそんな娘を否定することなく、共に舞台を観に行くほど仲がいい。

「嫁ぎ先は王都から遠く離れた辺鄙(へんぴ)な領地の可能性もあるでしょう？　そうすれば簡単に舞台を観に行けなくなるもの。それにミカエル様の追っかけに理解を示す男性ばかりじゃないことくらい、私も理解しているわ」

だから趣味を満喫できるのは、未婚である今だけなのだ。

それをわかっているからこそ、一時の夢に心を傾けてしまう。夢のような世界を味わわせてくれる舞台の世界は心の栄養なのだ。

——限界を決めることなく、なにかに遠慮することもなく、思う存分ミカエル様を応援して楽しめたら我が人生悔いなし！

彼の晴れ舞台を想像するだけで心が弾む。

それに夢を見させてくれる相手は同性のため、間違っても想いを実らせたいなどとは思わない。ただ純粋に、一日でも長く活動をしてほしい。そのための応援を制限したくないのだ。

「心からお慕いする相手を応援し、周囲にも素晴らしさを分かち合えるよう推薦したい活動……すなわち、〝推し活（おしかつ）〟に精を出したいのです！」

熱弁を振るうキアラに圧倒され、父と兄たちは口をつぐんだが、母だけはほがらかに賛同した。

「いいと思うわ。あなたがやりたいと思ったことに母は反対しません」

「お母様……！」

「リリー！」

この中で一番発言力があるのは母だ。

父がおろおろとした様子でなにかを言いたそうにしているが、興奮状態の母に水が差せないらしい。

「それにお母様もミカエル様は大好きですもの！　美しくて気品があって歌もダンスもお上手で……素敵よね～！　惚れ惚れしちゃう！」

「そこまでミカエルの虜なのか……！」

「ええ、あなたも一度観に行ったら虜になると思うわ。今度一緒にどう？」

「うう……考えておこう」

夫婦の絆に溝が入ったかもしれないが、愛する妻に観劇に誘われてダグラスもまんざらではなさそうだ。

「ありがとう、お母様！　本当は歌劇団のオーディションに応募したかったのだけど、私には女性に夢を見せることはできないかなって……」

同年代の女性と比べると運動神経はいいが、ダンスの素質はなさそうだ。振付など覚えられる気がしないし、歌も音程を外しまくってしまう。

——合格できるのは身長くらいだわ……。

キアラはこの国の女性の平均身長より七センチほど高い。踵の高い靴を履けば一七〇センチを超えるだろう。男役のミカエルはキアラよりもう少し身長が高いはずだが。

「キアラが白薔薇の劇団員になるのは無謀だろう。音痴すぎるしな！」

「なんですって？　ロブ兄さま」

嘘が付けない三男を視線だけで黙らせる。自覚していることを他人に指摘されるのは嫌なのだ。

母との相談が終わったらしい父がわかりやすく嘆息した。

「……わかった。キアラ、お前の条件を飲もう」

「っ！　お父様……！」

「期間は明日から一年間だ。その間は好きに自由に過ごしていいし好きなだけミカエルとやらを応援したらいい。だが、節度は守るんだぞ。羽目を外しすぎないように。……まあ後悔しない程度に楽しむといい」

「お父様大好き！」

子供のときぶりに父への愛を叫ぶと、厳ついゴリラは相好を崩した。

「や、やはりまだ嫁にやるには早……」

「あなた？　キアラの幸せを考えて言っているのかしら？」

「うぐ……」

――なんやかんや、お父様は私に甘いのよね。

自分の身は自分で守れるようにと、幼い頃から徹底的に指導を受けたが、それも父なりの愛だ。末っ子で唯一の娘を父は一番に可愛がってくれている。

「キアラ、本当に縁談相手が誰だか確認しなくていいんだな？」

サムが腕を組んで確認してくる。

妹を案じているのが伝わってきて、キアラは僅かに考えこんだ。

だが、ここで相手を確認してしまったら結婚しないという迷いが出てくるかもしれない。

判断を覆すのはキアラの信念に反する。女に二言はないのだ。

「うん、大丈夫。お父様を信じているもの。相手のことは一年後に聞くわ」

「……そうか、わかった」

よほどひどい相手なら、兄たちも反対するだろう。

しかしこのまま順調に縁談が進むのであれば、キアラが幸せになれる相手だと判断したということ。

恋や愛には縁がないため婚約しても実感などわかないだろうが、誰かを想う気持ちはなんとなくわかる。

――ミカエル様を慕うのと同等の熱量……とまではいかなくても、近いところまで気持ちが芽生えたらいいな。

一年後に結婚する相手より、今は憧れのミカエルの方が大事だ。

自由時間の猶予はきっちり一年。キアラは限られた時間内で有意義な推し活をするための計画を練り始めた。

◆　◆　◆

キアラが自由時間をもぎ取ってから三週間が経過した。

王都の南区にあるアランブール伯爵のマナーハウスから、活気で賑わう東区三番通りの商店街までは徒歩で通える範囲内。キアラは散歩も兼ねて毎日のように侍女と出歩いている。

通常貴族の令嬢が馬車を使わずに出歩くことはないが、キアラは運動不足の解消のために歩くことを好んでいた。

市井に住む同年代の少女のように動きやすいワンピースを着ているため、一見貴族令嬢には見えないだろう。昨今の貴族令嬢は、豪奢なドレスなど夜会や王家主催の舞踏会でもない限り滅多に袖を通すこともない。

「はあーやったわね、パティ！　朝から並んだ甲斐があったわ……！」

「はい、よかったですね、お嬢様」

三番通りにあるカフェにて。キアラと侍女のパティは、昼食とデザートを味わっていた。

「次の新作の舞台には絶対初日の舞台挨拶を観る！　って決めていたのよ。チケットが取れてよかったわ……」

達成感で胸がいっぱいになる。いつもより食事もおいしい。

「初日の舞台挨拶は限定数しか販売されず、直接並んで購入するしかないと聞いたときは、それほど人気なのかと思いましたが……あの長蛇の列を見たら、凄まじい人気なのだと理解しましたわ」

キアラも白薔薇歌劇団のチケットを朝早くから並んで購入したのははじめてだ。

初日の舞台挨拶を兼ねているチケットだけは、これほどの労力を支払わなくてはいけない。

「でも、だからこそうれしさも倍増なのよね。自分で並んで購入できたときの喜びと、実際に見に行くまでのワクワク感と、見た後の高揚感……三回も楽しめるのよ？　お得じゃない？」

食後にデザートのパイを食べながら、キアラは一週間後の舞台に早くも想いを馳せていた。

新作の舞台は、王女と騎士の秘密の恋の物語らしい。

王女は幼い頃から傍にいた騎士と両片想いだが、身分の違いや政略結婚で決められた婚約者の出現などで二人の恋は多難だ。予告を観ただけでハラハラドキドキすること間違いないと思っている。

——ミカエル様は王女の騎士役なのよね……どんな衣装なのかしら。

凛々(りり)しくも美しく、真っすぐに王女へ愛を伝えてくれるのだろうか。それとも秘められた恋のため想いを言葉にのせられず、仕草や表情で愛を語るのかもしれない。

どちらにせよ、身が悶(もだ)えそうなほど麗しいはずだ。

他国のことはわからないが、ノグランドの王族は代々恋愛結婚で伴侶を得ているため、政略結婚というものはほとんど聞かない。

幼い頃から婚約者がいた王族もいるが、国同士を結び付ける政略結婚というものは主流ではなくなっていた。

ノグランド王国は近隣国との戦争や侵略とも百年以上無縁のため、そのような手段に出る必要がないのかもしれない。実に平和で豊かな国として知られている。

王族の政略結婚は物語の中でだけ……国のために嫁がされるなど多くの国民は悲劇的に捉えるし、この舞台は大分前の時代の話として考えるだろう。

——そうだ。ミカエル様に手紙を直接渡せる機会があったらぜひ渡したいわ……あ！

確か初日は限定で握手会があるって話だったっけ。チケットの裏番号が呼ばれたら握手会に当選できるってことで……運が良ければ直接話せて手紙まで渡せるかも！

「パティ、このチケットはどんなことがあっても死守するわよ！　あわよくば握手会に当選して、直接手紙を渡せる絶好の機会だわ！」

「なるほど、握手会というのも存在するのですね……白薔薇歌劇団の運営はさぞかし頭の切れる方々だとお見受けしました」

なにやら別のところでパティが感心しているが、キアラにとっても同感だ。この奇抜な特別感を作り出している歌劇団の運営はよほど発想力が豊かで、ファンの心理を捉えているのだろう。

「応援する側の熱も入るし、話題性も抜群よね。できればすべての公演に通いたいけれど、さすがに限度はあるし多くの人にも観てもらいたいもの……ひとつの公演に初日と最終日は絶対参加で、後は無理せずチケットが取れたらってところかしら」

最終日も同じく舞台挨拶がされるそうだ。話でしか聞いたことがないが、これまたファンの心をがっちり摑んだ催しを予定しているらしい。

楽しみが増えるたびにキアラの心も弾んでいく。お腹もすくし、なにを食べてもおいしさしかない。

パイを堪能しお茶のお代わりを注文したところで、来店を告げるベルが鳴った。長身の男が入ってくる。

——……っ！　あ、あの男は……！

一度見たら忘れられないほどキラキラしい存在感を放っている。

つい一週間ほど前、キアラがひったくり犯を捕まえたときに居合わせた騎士だ。

怪我の確認をされながら脚に触れられたことを思い出し、思わず赤面しそうになる。

——なんだったの、あの男……！　今思い出しても不埒だわ……！

親切心かもしれないとはいえ淑女の脚をずっと支えるだなんて、変な男どころではない。キアラの脳内で警鐘が鳴った。

ここで関わるべきではない。キアラがサッと入口から視線を外す。

だがその些細な視線の動きに気づいたのか、男は何故かキアラが座るテーブルにまで笑顔で近づいてきた。

「お久しぶりです。また会えましたね」

「え……っ」

店内の視線が一斉にキアラに集まった。

多くの女性の憧れである騎士は、騎士の制服を着ているだけで目立つのだ。

それに加えてこの男は顔も極上の美男子だ。混じり気のない金の髪に海を閉じ込めたサファイアブルーの瞳。そして繊細な顔立ちに柔和な微笑……見惚れるなという方が無理な話だ。

普通の恰好でも目立つであろう男が、騎士の制服のまま女性が多いカフェに入ってきたから余計に目立つ。さらに特定の人物に声をかけたものだから、とばっちりでキアラたちまで視線の嵐に晒された。

パティが意味深な視線をキアラに向けた。

目線だけで知り合いなのかと問いかけてくる。

「お、お久しぶりですね……えっと」

――そういえば互いに名前は知らないわね。

ひったくり犯を捕まえる前から、一方的に顔だけは知っていた。なにせ劇場で時折見かけていたのだから。

今のように微笑を浮かべておらず、どことなく近寄りがたい空気を放っていた。どちらかというと冷ややかで仏頂面に見えたが、それは不審者がいないか見回りの仕事中だったからかもしれない。

「レアンドルです。どうぞ私のことはレアンドルとお呼びください。あなたのお名前をお聞きしても?」

「……キアラです」

――家名までは名乗らなくていいわよね。

周囲に人がいる状態で、余計な情報を与えたくはない。きっとレアンドルも同じことを考えているのだろう。

「キアラさん、あれからどこか怪我はしていませんでしたか？　脚を痛めていないかと心配していました」

ひったくり犯を捕まえたときに、回し蹴りをしようとしたことをまだ覚えているらしい。

できれば脳内から削除していただきたい。

「怪我はありませんので大丈夫です。ご心配ありがとうございます」

「そうですか、安心しました。……おや、それは白薔薇歌劇団の初日公演のチケットですね。実は私も観に行くので、また会えるかもしれませんね」

それでは、とレアンドルが去っていく。彼は持ち帰り用に店内で菓子を買いに来ただけのようだった。

美形の騎士が去ると、ようやく店内のざわつきが元通りになってきた。微妙な空気を漂わせてしまい居心地が悪くなる。

「お嬢様、今の方とはどのような関係なのですか？」

パティが目を輝かせて確認する。

今まで親しい男性といえば兄たちくらいしか縁がなかったため、パティは興味津々なのかもしれない。

「別に、知り合いというほどでもなければ顔見知り程度よ。先日たまたまこの近くで起こったひったくり犯を捕まえて、そのとき居合わせた騎士ってだけで」

「……それは初耳なのですが、旦那様に報告は……」

「するわけないでしょう。面倒じゃない」

王都の治安を守るのも騎士の務めだが、騎士団長自らが王都を警備しているわけではなりとなっている。

い。王都の警備にあたっているのは三男のロブが所属する第三騎士団だが、それも持ち回

「あんなに目立つ騎士も在籍されているんですね」

確かにあのような美男子がこの辺をうろうろしていたら、市井に住む女性は皆レアンドルに初恋を捧げそうだ。

「顔がいい男って罪作りだと思うわ……その点ミカエル様にはいくら愛を捧げても一方通行だって皆理解しているから健全よね」

「それはそうですが……お嬢様の周りには自然と騎士が寄ってくるのでしょうか。不思議ですね」

「それはやめて。筋肉自慢の男たちなんて、兄さまたちだけで十分だから」

——でもレアンドル様は兄さまたちより細身だし、大柄ってわけではなかったわね。長身で鍛えられているのはわかったけれど。

脳筋という呼び名には当てはまらなそうだ。大柄な兄たちと違い筋肉の質が違うのだろう。細身で無駄のない身体のように感じられた。

若い女性が名前を知ったばかりの男の身体を考えている状況に、キアラはたまらない気持ちになった。

——自己紹介をしたばかりの騎士の筋肉を想像するなんて、私も十分破廉恥だわ……。

「……パティ、今日はもう帰りましょうか。なんだか疲れたわ……」

「そうですね」

戦利品のチケットを鞄に仕舞い、キアラとパティは帰路についた。

何度も書き直した手紙とチケットを小型の鞄に入れて、そわそわした面持ちで支度を完了させた。

今夜は待ちに待った白薔薇歌劇団の舞台公演の日だ。

キアラはこの日のために入念に肌の手入れをし、十分な睡眠をとっていた。いざ観劇となった時点で眠くなってしまったらたまったものじゃない。

興奮しすぎて眠れない前夜にならないように、意識的に安眠を心掛けて万全な状態でこの日に備えた。

「化粧も髪の毛も服装も完璧よね！　もしミカエル様と握手ができても大丈夫なように、手汗をぬぐうハンカチも用意したし」

レースの手袋をはめているが、握手のときはもちろん外すつもりだ。レース越しでの握手などもったいない。きちんと憧れのミカエルの体温と感触を堪能したい。

「お綺麗ですわ、お嬢様」

舞台を観に行く日は、普段は滅多にしないオシャレをすると決めていた。

華美になりすぎないくるぶし丈のワンピースは、繊細なレースが装飾されている。真珠のネックレスは母から譲り受けたものだ。

「パティも綺麗よ！　同行してくれて心強いわ」

パティも今日はおめかしをしている。いつも黒いお仕着せを着ているが、青色のドレスは彼女の聡明さをより際立たせていた。

――私ひとりじゃ興奮しすぎて失神するかもしれないし、同行者がいてくれてよかったわ。

大勢の前で失態はおかしたくない。が、興奮したらどうなってしまうのか、自分でもわからない。

冷静にさせてくれる人物が傍にいてくれるのが心強い。

白薔薇歌劇団の観劇が初体験のパティに、ミカエルの魅力を存分に伝える絶好の機会でもあった。

――パティがミカエル様にはまってくれたら、あわよくば一緒にミカエル様を称えようの会が開けるかも……！

そんな淡い願望を抱きながら、馬車に乗って目的地の劇場へ移動する。

重厚な造りの会場は、王城からさほど離れていない場所に建てられているため、王族もお忍びでよく観劇に現れるのだそうだ。

「ドキドキしますね……」

「ええ、すでに心臓が落ち着かないわ。感激しすぎて泣くかもしれない」

「ハンカチの準備はできておりますので、大丈夫ですよ」

パティの心強い言葉に頷き返し、深呼吸を繰り返した。

ふかふかのシートに座り、天鵞絨の幕が下りたままの舞台を見つめる。奮発して高い席を購入しただけあり、絶好の席から舞台を眺めることができそうだ。

――ああ、ようやく楽しみにしていたこの日がやってきたわ……！

楽しみは最後まで残っている。舞台が終わった後に舞台挨拶をし、その場で握手会の当選が行われる予定だ。

たったの十名しか当選しないという狭き門だが、今年の運を使い果たしてでもぜひ当選したい。

次々と席が埋まってきている。二階の個室席はきっと高位の貴族や王族が使用しているのだろう。

キアラも伯爵令嬢ではあるが、社交界に顔を出さないため交流は広くない。一応令嬢としての教育は一通り受けていても、武闘派であるアランブールの教育は一般的ではないだろう。

「こんばんは」

誰かが隣に座ったと思った直後、聞き覚えのある声に声をかけられた。

キアラの隣に座った人物は、先日カフェでも声をかけてきたレアンドルだった。

「えっと……レアンドル様……!?」

「様はいりませんよ。お会いできたらいいなとは思っていましたが、まさか隣同士とは。ご縁がありますね」

柔らかな微笑を浮かべる美形を直視して、キアラはそっと目を逸(そ)らしたくなった。少々目の毒すぎる。

「えっと、今夜は騎士の姿ではないんですね……」

「ええ、業務外ですので」

キアラが時折見かけたレアンドルは入口の警備にあたっていたようだったが、客として観劇することもあるのか。

意外だな、という気持ちとともに「そうでしたか、じっくり堪能できますね」と無難な感想を述べた。

——香水がキツイ人が隣に来たら嫌だなとは思っていたけど、予想外の美形が隣に座るのも落ち着かないな……。

なんだかそわそわしてしまいそうだ。

ちらりと見えたレアンドルは、しっかり着飾っており騎士の制服とは違った魅力に溢れていた。

すらりと伸びた脚は長く、靴はきちんと磨かれており汚れひとつついていない。

こういう場に女性を伴わずひとりで来ているということは、決まった相手はいないのだろうか……。

そんなことにまで思考が飛躍し、キアラは小さく頭を振った。

――って、隣の美形よりこれから現れるミカエル様に集中したいのに……！　つい雑念が……！

心を乱す存在をどうにか思考の外へ追いやる。

そして幕が上がったと同時にキアラの心と頭は、目の前に繰り広げられる優美な世界に吸い込まれるのだった。


「……お嬢様、お嬢様。頬が濡れてますよ」

出演者による舞台挨拶が終わったと同時に、隣に座るパティに声をかけられた。

キアラはすっかり放心状態で、流れ続ける涙を放置していたようだ。パティに指摘されるまで自分が泣いていたことにすら気づかないでいた。

「ありがとう、パティ……私今日まで生きててよかった……」

「はい、私もはじめての体験にドキドキが止まりません。素晴らしい世界でしたね……」

この気持ちを分かち合える同士が作れたことが喜ばしい。

キアラは感情を言語化できない状況をもどかしく思いつつ、心に根付いた感動を少しずつ消化したいと考えていた。

「はあ、ミカエル様との握手会……落選して残念……。手紙はまた受付に渡すことになるのか……」

受付には出演者への感想を入れる箱が置いてあるのだ。

贈り物は厳重な検査が必要になるため、受け取りを拒否している。生ものや毒物が混入していたら大変なことになるからだ。

——きっと読んでくれていると思うだけで十分だけど。……いいえ、読まれなくてもいいわ。手紙の数だけミカエル様を応援している人間がいるのだと思ってくだされば。

直接本人に感想を告げて、ずっと応援しているのだと言えたら本望だが、それは過ぎたる夢だ。舞台から降りたミカエルの素性は明らかにされていないし、劇団員の素性はほとんどが秘匿されている。

舞台用の化粧とかつら、衣装を纏（まと）っているため、きっと素顔の本人と相対しても気づかないだろう。歌劇団の全員の名前も本名ではなく、劇団用の名前だ。

だがキアラにとって、憧れの人がどこの誰だかわからなくても構わない。こうして舞台を観に来れば会える存在で十分なのだ。

一時でも心を弾ませてくれて、勇気づけてくれる存在がいるだけで、明日を生きる希望ができる。現実を忘れさせてくれて元気をもらえるのだ。

少しずつ観客席から人気が減っていく。この中の幸運な十名は、これから楽屋に赴いてミカエルと握手ができるのだろう。

羨ましくて吐きそうな気持ちと、純粋によかったねと言ってあげたい気持ちがせめぎ合う。歯を食いしばらなくては呻き声を上げそうだ。

「キアラさん、それほどまでに出演者に挨拶したいのであれば、私が連れて行ってあげましょうか」

「……え?」

もうすっかり存在を忘れていたレアンドルがキアラに声をかけた。まだ隣にいたことにすら気づかなかった。

「連れて行く、とはどこへ……?」

「楽屋にですよ。私はこれから少々顔を出す用事がありますので」

「騎士の業務でですか?」

「ええ、そんなところです。よろしければお連れのお嬢さんもいかがですか？」

レアンドルが極上の微笑でパティを誑かす。

思わぬお誘いに、常に冷静沈着なパティの目に期待が宿った。

——絶好の機会……って、ダメよダメ！　そんなのは抜け駆けだわ！

正規の方法で会えないなら伝手を使って……というのはよくある話だろうが、そんなズルはキアラの矜持が許さない。貴族の特権を振りかざしているように感じた。

——楽屋に挨拶なんて夢みたいな話で、すごく気になるけれど……！

レアンドルはなんて誘惑をしてくるのだろう。理性がぐらついてしまいそうだ。

キアラは断腸の思いでこの誘いを断ることにした。

「せっかくのお誘いですが、ご遠慮させていただきます……私たちだけお邪魔するのは、公平ではありませんので。きちんと正規の方法で当選して、堂々とお会いできる方法じゃないとファンとは名乗れません」

パティも頷いている。キアラの意思を尊重したようだ。

「そうですか……出過ぎた申し出をしてすみません」

「いえ、そんなことは。私がすごく残念がっていたから声をかけてくれたんですよね。お気遣いありがとうございます」

——ああ、すごくすごく残念だけど、帰ろう……。

高揚感とがっかり感が混ざり合う。自分で誘惑を断ち切るというのは、これほどまでに辛いものなのか。

「では馬車まで送りますよ」

「いえ、そこまでしていただくわけには。パティもいますので……」

「……そうですか。では、また次の舞台で」

「……ええ、失礼します」

キアラはレアンドルに会釈をし、受付の箱にミカエル宛の応援の手紙を入れてから迎えの馬車に乗り込んだ。

ぼんやりと見送ると言ってきた男の顔を思い浮かべる。

――次の舞台でって？　いや、もう会わないでしょう。

たまたま偶然遭遇したなど、三度も起きるなんて冗談ではない。

美形の誘惑に惑わされそうになった自分を恥じながら、キアラは舞台の余韻で眠れない夜を過ごした。

第二章

麗しいミカエルの歌と踊りと演技を脳内で反芻（はんすう）すること早三日。

キアラは満足感と高揚感を抱いたまま夢見心地で過ごしていたが、ようやく現実に戻ってきた。

三番通りの商店街にある文具店に赴き、新しいペンと便せんを購入した。持ち手がガラス製のペンは色鮮やかで、見ているだけで気分が高まりそうだ。

――よし、これでミカエル様に手紙を書こう。

この間の手紙は読んでもらえただろうか。いや、読まれなくても構わない。ただ少しだけ、ミカエルの応援になっていたらいい。

興奮状態のまま手紙を書くことは危険だと身を以（もっ）て知っているため、熱を冷ますのに三日もかかってしまったが、また舞台を観たらミカエルへの熱が再燃するだろう。

――あー楽しい！　推しの活躍を考えていると毎日が楽しい！　生きるって素晴らしい！

憧れの人が生きている。

素晴らしい歌声とダンスを披露してくれて、元気をくれる。

生きる活力を与えてくれる白薔薇歌劇団はなんて素晴らしいのだろう。

彼らは多くの人間に素晴らしい時間を分けてくれて、日常に潤いを与えてくれる。公演をすればするほど徳を積みまくっている。

――よし、私も一日一善を心掛けよう。生きる活力を与えてもらえたのだから、どこかで返せるように善行をして、人に感謝されるように生きよう！

騎士の家系で育ったため、キアラは元々正義感が強い。先日のひったくりも、考えるより咄嗟に足が出ていたのは、困った人を見過ごせない性格だから。

とはいえ騎士の真似事（まねごと）をするつもりもなければ、女性騎士を目指す気もないが。自分の範囲内でできることがあれば、積極的にしていきたい。

購入品を抱えて、満足した気持ちでカフェに向かった。先日パティとお茶をしていたお気に入りのカフェだ。

この日はキアラひとりで買い物に来ている。

王都の治安は貴族令嬢が出歩いても問題ないほど安全だが、通常はお付きの侍女や護衛が一緒にいることが多い。

もちろんひとりで出歩くときに手ぶらでは心もとないので、身を守るためのものは仕込んでいる。

「久しぶりにひとりで買い物、楽しいな～自由って最高」

王都で物騒な事件は滅多に起きない。先日のひったくりが起きた方が珍しい事件だった。

――夕方までには帰るけど。

今日のキアラはブラウスにハイウエストのフレアスカート姿だ。胸元にリボンがあるくらいで、その他の装飾はない。市井に住む少女たちの一般的な装いだ。

服装だけを見れば同年代の少女たちに溶け込んでいる。

しかしキアラのピンと伸びた背筋や鍛えられた体幹は、少々普通の少女とは言いがたい。

だが貴族令嬢とも思われないだろう。

他にも一般的ではないのは、キアラが太ももに護身用のナイフを装着していることだ。

ナイフ投げは幼少期の頃に身に着けているため、キアラの得意技のひとつだ。また、ほうきなどの得物があれば、臨機応変に武器として使用することも可能である。

「お待たせしました」

注文したデザートと紅茶が運ばれて来た。

「わあ、おいしそう」

季節の果物をふんだんに使用したタルトは見た目も華やかで瑞々(みずみず)しい。

サクッとフォークで刺して一口味わいながら、キアラは鞄から取り出した一枚の紙とにらめっこする。

——さて、どうしようかしら……。ひとりで応援するより、大勢とする方が喜びも倍増、楽しさも分かち合えそうだけれども……。

キアラが手にしているのは白薔薇歌劇団親衛隊(ファンクラブ)への申込書だ。

非公式の団体ではあるが、歌劇団も親衛隊があることを認めているらしい。

活動内容は主に会員同士の情報や意見交換などの交流らしいが、キアラの身近な人間は加入していないため内情がわからない。

——ううん……単純に楽しくワイワイ騒ぎましょう、だったらいいんだけど……。推しについて好きな団員について語り合って、お茶をする時間なら穏やかそうだが……推しについての解釈違いが起こったら対立しそうでもある。

先日のチケット購入後、キアラとパティは親衛隊の女性に声をかけられて加入者を募っているのだと聞かされた。年会費はキアラのお小遣いで十分賄えるほど些細なものだったが、人間関係のしがらみが増えたら少々厄介でもある。

——噂(うわさ)によると鉄の掟(おきて)が存在するのよね……抜け駆け禁止、情報を独占しない、推しの喜びはファンの喜びとか。他にも細かいのがいろいろ……。過激なファンがいないとも限らないわ。

どうやら加入審査もあるらしい。なかなか厳しい親衛隊を取り締まっているのは高位貴族ではないだろうか。

親衛隊隊長の名前を見て、キアラは見覚えがあるようなないような……と首をひねっていたところ、突如背後から声がかけられた。

「おやめになった方がいいですよ。しがらみが厳しいそうですので。過激な同士もいることでしょう」

「っ！　え？　あ、レアンドル様……！」

「レアンドルで結構ですよ。またお会いしましたね、キアラさん」

カフェに来店したレアンドルがキアラに声をかけた。

何故また遭遇するのだ。ここはレアンドルの行きつけのカフェなのか……とキアラの思考がぐるぐる巡る。

女性が多いカフェに騎士の制服を着た美形が現れたら、店内がざわつくのだと気づいていないはずがない。すでに数多(あまた)の女性の視線を集めていた。

「こんにちは……お昼休憩ですか？」

「ええ、少々遅くなってしまいましたが。持ち帰りで軽食を購入しようと思っていましたが、キアラさんを見かけてつい。ご迷惑でなければご一緒しても？」

ここで断れる女性はいないだろう。

キアラは奇妙な緊張感を覚えつつ、「どうぞ」と目の前の席に座るよう促した。

「ありがとうございます。では遠慮なく」

椅子に座る動作だけでも麗しい。そして隙のなさにも感嘆する。

——やっぱり騎士だな。さりげない所作から滲み出ているものは、一朝一夕では身につかない。

レアンドルを観察していたことに気づき、ハッと視線を逸らす。先ほどまで頭を悩ませていた親衛隊について、彼が言ったことを思い出した。

「……それで、先ほど仰っていた親衛隊の加入の件ですが。やはりしがらみが多いというのは本当なのでしょうか？」

「そうですね、私が聞く限りではそのように見受けられました。女性同士の諍いが増えて、いろいろと問題も出てくるとか。横の繋がりにも影響するかもしれませんし」

横の繋がりとはつまり、貴族であれば貴族間の影響を示唆しているのだろう。

——私が貴族とは言っていないけれど、一般的な意味でかしら。

考えれば考えるほど、レアンドルが言う通り面倒に思えてきた。まだ温かい紅茶をごくりと飲み込む。

——大勢でワイワイ楽しむのもいいかと思っていたけれど、同じ推しを分かち合える人ばかりではないかもしれないし、気疲れするかも……ひとりで活動する方が楽な気がしてきたわ……。

キアラはミカエルを推したいが、別のファンも当然ながら存在する。その中で不毛な争いが起こる可能性を考えると、なにやら胃のあたりが重い。

「ご意見ありがとうございます。加入は一旦保留にしておきます」

「そうですね、それがいいと思います。それにもしおひとりで活動するのが寂しいようであれば、私がいつでもキアラさんの話し相手になりますよ」

「え？」

思わぬ方向へ話が進む。

特にわかりあえる同士がほしいとは言っていなかったはずだが。

――話し相手になるというのは、推し活の仲間になるということ？

母やパティ以外とも意見を交換できる相手ができるのは純粋にうれしい。だがその相手がレアンドルというのはどうなのだろう。

レアンドルがそっと声の音量を落とした。

「ここだけの話ですが、実は私の身内が劇団に在籍しているのです」

「……っ！　そうなんですか……」

――だからいろいろ詳しいのね！

舞台をひとりで観に来ていたのも、身内だったからなのだろう。

一体誰が彼の身内なのだろうか……整った顔立ちの人間ばかり在籍しているが、そもそる可能性もある。

も舞台化粧をしているため素顔はわからない。舞台の上と素顔とでは外見がかけ離れてい

——って、ダメよ。そんな詮索するような真似は。

好奇心を抑えつつ、キアラは先を促す。

「レアンドル……がいろいろ詳しいことに納得がいきました」

「あまり公にはしていないので内密にお願いしますね。それで、キアラさんがよろしければ私からチケットをお譲りすることもできます」

「え、チケット?」

「ええ、よく身内枠のチケットを譲り受けるのですが、毎回余ってしまうんですよ。ご迷惑でなければキアラさん、もらってくれませんか?」

「えっと……」

思いがけない誘いに理性がぐらつく。キアラはごくりと唾を飲み込んだ。

——す、すごくほしい……!

身内枠のチケットとなると、舞台が見やすい席だろう。関係者が座る席に案内されることなど滅多にない。むしろこんな機会でもない限りありえない。

だが、ここで甘えてしまうのはいかがなものか。

公式で売られているチケットを自力で購入してこそ真のファンなのではないか。

――でもでも、それを言ったら私だって人からチケットを譲り受けて観に行ったこともあるし……すべて自分で購入したものばかりではないわね……。

熱心なファンの鑑（かがみ）であれば、すべての公演に行くべきではないか。

そのチケットの購入代も、自力で稼いだものであるべきという概念すら生まれてきそうだが、さすがにそこまではできない。いくらなんでも貴族令嬢がチケット代金ほしさに出稼ぎをするのは外聞が悪いし、嫁ぎ先にもよからぬ噂を与えてしまう。

追究しすぎたらきりがなさそうだが、こうあるべきという縛りは自分自身を苦しめるだけだと気づく。

――ううう……なんて悩ましい……。でも、ダメよ。理由もなく甘い蜜にホイホイ誘われるようでは……！

それによく言うではないか。おいしい話には裏があると。

レアンドルが騎士であることには違いないが、彼の思惑がわからない。簡単に信用していいものなのか見極めなくては。

「せっかくのお話ですが、そこまでご厚意に甘えるわけには……」

ものすごく甘えたい気持ちをなんとか押し隠す。膝の上で握りこぶしをしている手に爪が食い込んで痛い。

だがレアンドルはキアラが断ることを想定していたのだろう。

彼は優雅に食事を味わいながら、キアラの負担を軽くさせる発言をした。

「それでは、私と一緒に観劇に付き合っていただけますか？　職務ではなく、あのような場所にひとりで観に行くのは目立ちすぎてしまいますので」

――そういえば目立っていたな……。

自分の隣に座っていたレアンドルは、ひとりで観に来ていたようだった。

通常夫婦や恋人、もしくは友人同士で観に来ることが多いが、ひとりでというのは珍しい。

キアラもひとりで行きたいのはやまやまだが、人目が気になり母やパティを誘うようにしていた。滅多にひとりで観に行くことはない。

「確かに男性ひとりでというのは目立ちますね……」

「そうでしょう？　でもキアラさんが一緒なら、悪目立ちせずに済みます」

これだけの美形なら一緒に行きたいと挙手する女性がわんさか現れるのではないか。

――むしろ恋人や婚約者がいない方がおかしい気もする……。

キアラは三人の兄たちを思い浮かべる。女性と滅多に接点がないせいか、女性心に疎くて恋人がいない可哀想（かわいそう）な兄たちを。

――うぅん……よく見れば兄さまたちも顔立ちは悪くないのに、女性とのご縁がないのは職業柄というだけじゃなくて脳筋だからかなぁ。心優しいゴリラの魅力は、お母様みたいな大らかさがないと伝わらないのかも。

と、思考が残念な方向に逸れたが、すぐに軌道修正した。いけない、今は目の前の騎士に集中するべきだ。

「……あの、ちなみに私が同行することで人助けになりますか？」

「ええ、私がとても助かります」

「今お付き合いしている女性は……？」

「そんな方がいましたらキアラさんにお願いしていませんよ」

それもそうだろう。

修羅場に巻き込まれずに済んでホッとする。

――そうであれば、断る理由は見つからないわね……。

一日一善をしようと思っていたときに、人助けで舞台を観に行ける。しかも無料だ。

これは善行というより、キアラに落ちてきた幸運なのではないか。チケットを無駄に捨てるなんて行為は絶対に避けたい。

――よし！

キアラはレアンドルに頭を下げた。

「では、僭越ながら私がご一緒させていただきます……！」

「ありがとうございます。キアラさんとまたご一緒できるなんて、今から楽しみです」

いつの間にかレアンドルはぺろりと食事を平らげていた。キアラは随分ひとりで熟考していたようだ。

——考えすぎて、私もタルトを食べ忘れていたわ……。

冷めた紅茶を飲みながら、残りのタルトを食べ始める。レアンドルが紅茶のお代わりを注文してくれた。

顔がよくて気も利いて、気配りができる美形騎士だなんて相当モテるだろう。

——知らない間に知らない令嬢から嫉妬されたりしないかしら……。

暴漢に襲われても勝てる自信はあるが、女性同士の諍いに巻き込まれたらやんわり逃げ切れる気がしない。

淹れたての紅茶を味わいつつ不穏な想像をしていると、レアンドルがふたたびキアラに予想外の提案を持ちかけた。

「そうだ、キアラさんさえよければなのですが」

「はい、なんでしょう?」

「これも身内からの相談なので内密にしていただきたいのですが、実は劇団は万年人手不足で困っているようでして」

「え? ……まさか、私も舞台に出てみないかとかそういう? 絶対無理ですよ! 素人ですし、歌も音痴でダンスは壊滅的ですので!」

「え？　いえ、そっちではなくて……」

レアンドルが柔らかく笑った。

その瞬間、キアラは自分が恥ずかしい勘違いをしたのだと悟る。

「あ、ですよね……よかったです。えっと、舞台裏の雑用が足りないとかそういうことでしょうか？」

「はい、裏方で手伝いをしてくれる方を募集したいのだとか」

――ああ、恥ずかしい……！　よく考えなくても当然じゃない！

白薔薇歌劇団への入団審査はとても厳しくて有名だ。

周辺国から入団を夢見て留学してくる少女がいるくらい人気で、狭き門らしい。合格者がひとりも出ない年もあるのだと聞いたことがあった。

自分は音痴でダンスも下手だと余計な情報を与えてしまったことが悔やまれる。

頭でよく考えずに脊髄反射で口走ってしまうあたり、キアラも確実に脳筋の血筋を引いている気がした。

「その、裏方で雑用をしてくれる人がほしいって話でしたら、詳しくお聞きしてもいいですか？　私でもできることであれば、お手伝いしてみたいです」

「もちろんです。条件が一致するようであれば、ぜひ挑戦してみてください。一週間のうちの数日で、可能な範囲の時間で働けるという話も聞いています。それに肉体労働にはならない手伝いもありますので、女性でも安心してください」

「身体を使う作業は得意なので大丈夫です。むしろ私にとっては適役かもしれません。大道具作りは難しいかもしれませんが……資材運びでもなんでもやりますよ。動くことは好きなので」

「頼もしいですね。嫁入り前の女性の身体に傷をつけるような肉体労働はさせられないので、ご家族にも安心してもらえるかと」

――ん？ なんでレアンドルがさせないと言い切れるのかしら。

運営に顔が利くのかもしれない。身内が団員なら、関係者と多数知り合っていてもおかしくないだろう。

「では詳しい話は直接確認してみてください。私から紹介状を書いておきますので、数日後ご都合のいいときに劇場の稽古場を訪ねてくださいね」

「ありがとうございます。楽しみにしてます！」

思いがけない方向へ話が進んだ。キアラの興奮が徐々に湧き上がってくる。

――もしかしたら、ミカエル様と同じ空気を吸えるかもしれない……！

生のミカエルはどれほど美しいのだろう。いや、舞台にいない彼の素顔を知ってしまっていいのだろうか。

派手な衣装を纏わず化粧を施していなくても、実物も素敵に違いないが。

──これは、親衛隊に入らなくてよかったわ……抜け駆けになるものね。

鉄の掟を破るとなにが待ち受けているのかわからない。怖い想像が膨らんでいく。

レアンドルはもしかしたらこの提案を考えていたため、キアラに加入を待つように言ったのだろうか。

「……ああ、もうこんな時間か。キアラさんと過ごしていると、楽しくて時間が早く過ぎてしまいます。名残惜しいですが、そろそろ職務に戻らなくては」

「はい、お仕事頑張ってください。私も帰宅しますね」

「では近くまでご一緒しましょうか」

レアンドルがサッと手を差し出した。

男性にそのようなエスコートをされたことがないため、キアラの心臓が思わずドキッと跳ねた。

──わぁ……美形の手に触れてしまった……。

兄たちとは違うが、鍛えられた手だ。剣を握る手をしている。

顔に熱が上がっていないかドキドキしつつ、キアラも席を立った。

レアンドルがキアラの分まで会計を済ませたことでひと悶着あったが、キアラは上機嫌なまま伯爵邸へ戻り、侍女のパティにすべて報告したのだった。

キアラが白薔薇歌劇団の手伝いをはじめて数日が経過した。

自由時間がほしい宣言をしてから早一か月半が経過しているが、当初は劇団での手伝いができるまで推しと接近できるとは考えていなかった。

——本当、こんなに充実した日々を送れるなんて、夢みたいだわ！

自分から行動しなければ摑めなかった縁だ。

しかしながら、ミカエルとは一度も遭遇できていない。どうやらキアラとは時間が合わないようだ。

それでもキアラは構わない。ミカエルが使用している稽古場に足を踏み入れられたことだけで夢のような状況だ。

「キアラさん、今の作業が終わったら、次の公演用の小物磨きをお願いできるかしら？あとネックレスの鎖が絡まっているから気を付けてね」

「はい、すぐにやりますね！」

与えられた雑用をてきぱきこなしながら、丁寧な仕事を心掛ける。通いで手伝いに来ている女性はキアラ以外にも多くいた。中でも衣装担当はキアラにとって憧れである。

——ああ、もう次の新作の衣装作りをしているなんてすごい……！

今の公演が終われば、すぐに新作の練習に移るのだ。脚本家や演出家がわいわい話している空気にも刺激される。

手に職を持っている人は男女ともに尊敬の対象だ。よりよいものを作り上げようとする気迫に圧倒される。

――私も役立たずにならないよう精一杯雑用頑張ろう！

小物磨きを完璧に終えて収納する。舞台のシーンごとに使う小物が分けられているため、収納場所に間違いがないように再度確認した。

充実した時間を過ごしつつも、気になる点がひとつ……。

「こんにちは、キアラさん」

「……こんにちは、レアンドル。今日もいらしたんですね」

キアラを紹介したレアンドルが、頻繁に顔を出しにくるのだ。

それこそ騎士の職務は大丈夫なのかと問いたくなるほど、キアラが仕事をしていると毎回のように顔を出している。

彼曰く、劇場周辺の警備も彼の隊が行っていることなので、休憩時間に顔を出す程度は問題ないらしい。

一体どこの隊に所属しているのか兄たちに聞きたいところだが、面倒ごとに巻き込まれて困るのはレアンドルだ。

一応キアラは婚約している身で、知らない男との縁を深めるのはよろしくないと判断されるかもしれない。

——まあ、なにを言われようとも、この一年は自由時間なわけだけども。

文句を言われようが気にすることはないだろう。夜遊びをしているわけでも、飲酒をして迷惑をかけているわけでもないのだから。

「キアラさん、なにか困りごとはないですか？」

「レアンドルは心配性ですね。大丈夫ですよ、皆さん親切ですし。仕事も少しずつ覚えました。とても楽しいです」

それになにより、憧れの舞台の裏側を観られることがファンにとってはご褒美だ。

表側だけを知りたいファンもいるだろうが、キアラは可能な限りすべてを知っておきたい。

ひとつの舞台にかける稽古、情熱、演出、小物や大道具に衣装……そのすべてを目の当たりにできて、知らず呼吸が速くなってしまう。心に焼き付けておかなくては。

「キアラさん、さっき届いた布は全部衣装部屋に持って行ってくれるかしら。次の衣装で使うやつだから」

「はい、承知しました！」

大量に届いた布はずっしり重い。だがキアラにとってはいい運動程度だ。

「私も手伝いますよ」

レアンドルが手伝いを買って出るが、キアラはやんわりと断る。

「ありがとうございます。でも大丈夫です！　私に頼まれた仕事ですし、こう見えて力持ちなんで。レアンドルは皆さんに差し入れを持ってきてくださったんですよね？　いつもありがとうございます。稽古中の皆さんに配ってくれますか？」

「そうですか……では、キアラさんも無理をなさらないでくださいね。腰は大事ですので。しっかり休憩時間をもらってお菓子でも食べてくださいね。今日はフィナンシェを持ってきました」

「フィナンシェ大好きです！　お気遣いありがとうございます」

彼が顔を出すとき、必ずと言っていいほど差し入れを持ってきてくれる。手ぶらで来ないとなると、貴重な休憩時間に菓子を購入してからやってきているのだろう。

――マメだなぁ……これじゃあ女性にモテるわけだわ。

どうやらレアンドルのファンは多いらしい。劇団員の女性たちは、彼が現れて差し入れを持ってくるのを楽しみにしている。

汗をかいて化粧が落ちた顔でレアンドルの前に出るのは恥ずかしいと嘆いている声を聞いたことがあった。

衣装部屋に荷物を運び入れて、衣装係の人たちに差し入れが届いていることを告げる。

彼女たちもレアンドルの差し入れを密(ひそ)かに楽しみにしているらしい。作業を中断させると手早く身なりを整えだした。

　フィナンシェを一口かじる。バターの風味が香ばしくてやみつきになりそうだ。

「キアラさんが来てくれてうれしいわ〜」

「本当に。よく手伝ってくれるし、それにキアラさんのおかげでレアンドル様も顔を出してくれるようになって。いいことだらけよ！」

「そうですか、よかったです」

　聞き流しそうになったが、ん？　と首をひねる。

　——あれ、彼の身内が所属しているから、これまでも頻繁に現れていたのだと思っていたけど……そうでもないのかな？

　そもそもレアンドルの身内は誰なのか、未(いま)だに聞いていない。

　一番顔が似ている女性を捜してみるが、金髪で青い目の特徴でしか見分けがつかない。可能性のある女性は数名いるが、血縁関係はどうなのだろう。

　——って、やっぱりダメだわ、こんなこと考えるなんて。素性は明かさないっていうのが白薔薇歌劇団の掟(ルール)だもの。

　多くの団員は劇団の上層部にしか素性は明かしていないのだとか。

　この場にいるほとんどの人間は皆劇団用の名前で呼び合っている。さすがに裏方の手伝いをする人間は本名だが。

――いつかミカエル様と遭遇できたらいいな……そして稽古の後に額の汗をぬぐってあげたい……！

キアラの推しのミカエルも当然劇団名を使用している。本名はきちんと女性名のはずだ。ミカエルは実はやんごとなき身分の女性だという噂があるそうだが、真相は本人と上層部しかわからない。恐らく高位貴族の令嬢であることは確かだろう。滲み出る気品は隠しきれないのだから。

――さて、私はこの仕事が終わったら帰ろうかな。

日が暮れる前までに帰宅することを条件に手伝いをしている。もっとも、多くの女性たちも同じく夕方前に帰ることが多い。

フィナンシェを堪能し、キアラは帰り支度を整えた。

「キアラさん、これから帰宅？　時間が過ぎるのはあっという間ね」

「はい、今日はこれで失礼します」

「ええ、またよろしく頼むわね。次は舞台背景の色塗りを手伝ってほしいから、汚れてもいい服を持参してきてもらえると助かるわ」

そう言われるとますますやる気が出てくる。実はいつか背景の色塗りにも挑戦したいと思っていたのだ。

「はい、汚れてもいい服ですね！　承知しました。楽しみにしてます」

「キアラさんはいつも明るくて元気でいいわね～。うちの息子の嫁にほしいくらいだわ」

「あはは、息子さんまだ七歳じゃないですか」

さすがに十以上も年が離れている相手は可哀想だ。

――まあ、私にも実は婚約者がいるんです、なんて話はしていないんだけども。

ほとんどの人はキアラがレアンドルの紹介で手伝いに来ていることを把握しているが、家名は告げていない。さすがに誰もキアラが伯爵令嬢だとは思っていないだろう。

「では、失礼します。またよろしくお願いいたします」

あと三十分もしたら日が暮れそうだ。

キアラがひとりで稽古場を出ようとしたら、後ろからパシッと手を握られた。

「つれないですね、私のことをお忘れですか？」

「レアンドル……まだいたんですか？　てっきりお帰りになったのかと」

「あなたを置いて帰るなんて薄情なことはしませんよ。では、馬車で送りましょう。ここまで徒歩で来られたのでしょう？」

ちょうどいい散歩になるため、キアラはあまり馬車を使わない。日が暮れれば使うが、今から帰宅しても日が落ちる前に帰宅できるだろう。

――えっと、こう頻繁に送られるのは気が引けるというか……。

きっとレアンドルは自分が紹介したため、責任感を抱いているのだろう。もしキアラになにか起これば彼が悔やむに違いない。

「あの、あなたも忙しいでしょうから、私のことは構わなくて大丈夫ですよ？　義務感で送っていただかなくても、王都の治安はきちんと騎士の皆様が守っていますし」

彼も忙しい時間の合間を縫ってわざわざ会いにきていることはわかっていた。

キアラがはっきり断りを入れると、レアンドルが絶望したかのように表情を変えた。

「……迷惑でしたか」

「え？　いえ、迷惑という話では……」

――あれ、何故かしら。そんな顔を見せられると罪悪感みたいなものがこみ上げてくるんだけど……。

顔のいい男はどんな表情でも様になるのだな、と頭の片隅で思いつつ、どうしたものかと考える。

「ほら、お仕事に影響が出るでしょう？　レアンドルは騎士ですし、こう頻繁に仕事を抜け出すのは大変ですから。あと出世にも響くかも……」

「私の心配をしてくださったのですね。あなたはなんて優しいのでしょう」

絶望から一転、レアンドルの顔色が瞬時にパアッと明るくなった。しょんぼりしていた表情が今では笑顔に変わっている。

「でもご心配なく。私は出世にあまりこだわりはないですし、騎士の中でもわりと融通が利くのです」

――休憩時間をまとめてこの時間に取ってる、とかかしら？

そんな融通が利く隊は一体どこだろう。一般的な黒い制服では、所属している隊まではわからない。

「そう、ですか……あなたの迷惑になっていないのであればいいのですが」

「ええ、まったく迷惑ではありません。むしろ一日でもキアラさんに会えない方が絶不調になります」

「そうですか？　実はそれ、よく言われます。ありがたいことに、私と話していると元気をおすそ分けしてもらえるとか。気持ちが明るくなるのであればうれしいです」

「……はい、そうですね。それもあるのですが」

そう言いたかったわけでは……などと呟いているが、キアラの意識は目の前を通り過ぎた猫に注がれていた。一瞬目が合った愛らしい猫はすぐに去ってしまったが。

「レアンドル、今猫が……！　って、ごめんなさい。なにか私に言ってました？」

「……いえ、猫可愛いですよね……」

先ほどの笑みは消えてどことなくしょんぼりしている。

その変化にキアラは内心首を傾げたのだった。

第三章

キアラが自由時間を得てから二か月半が経過した。

季節は夏に近づきつつある六月の終わり。

アランブール伯爵邸に、観劇用のドレスが届いた。

差出人はレアンドルと書かれている。――どうやってうちがわかったのかしら……もしかして自宅までこっそりつけられていた？　それとも騎士の情報網で見つけ出したとか……。

何となく怖いので、あまり深く考えるのはよしておこう。それよりも、とキアラは視線をドレスに落とす。

「〝妖精の息吹〟って、すっごく人気な仕立て屋じゃなかったっけ？」

貴族令嬢がこぞってドレスを注文しているという有名な王都の仕立て屋だ。

年内の予約はいっぱいだという噂を聞いているが、まさかそこで仕立て上げられたドレスを彼が注文するとは思わなかった。

箱の中には軽やかな生地で仕立てられたくるぶし丈のドレスが入っている。ドレスといってもワンピースより華やかだが、舞踏会で着るような盛装ではないため、観劇用にちょうどいいお出かけ着だ。

──胴体は空色で、裾にかけて徐々に海色にグラデーションがされてる。すごく綺麗……裾には銀糸の刺繍(ししゅう)が施されているわ。もしかして裾は海じゃなくて夜空だったりする?

惚れ惚れするほど美しい。

舞踏会用のドレスと違って重くもなく、動きやすそうだ。キアラの身長にもぴったりの丈だ。

華美すぎず地味でもないドレスは繊細ですごく気に入ったが、素直に喜ぶべきではないだろう。

「……どうして寸法がわかったんだろう?」

多少調整が利くデザインとはいえ、既製品ではなさそうだ。それとも「妖精の息吹」では既製品に多少のアレンジを加えたドレスを売っているのだろうか。

──それはそれで新しい商売の仕方だしいいと思うけど……って、問題はそこじゃないわ。

とても心惹かれるドレスではあるが、受け取るわけにはいかない。

そもそもレアンドルから贈り物をされるような仲ではないのだから。

「これは返すわ。私には受け取る理由がないし」

箱のふたを閉じてパティに告げる。

「そうですか？　このまま受け取っておいたらいかがでしょうか。来週舞台を観に行く約束をされているんですよね。そのための衣装なのでは」

「でも、身内枠のチケットまで譲ってもらえて、一緒に行くってだけでも十分すぎるのよ？　ドレスを仕立てられて贈られるなんて、正直重い……というか、私にはなにも返せないわ」

キアラが白薔薇歌劇団を手伝っているため、今後の観劇は関係者席を融通してくれるらしい。チケットは多少身内価格で安くなるが、無料というわけにはいかない。

直接チケットが購入できることはありがたいし、キアラにとってはいいことづくめだ。大好きな歌劇団の手伝いができて、多くの関係者から感謝されて、それで本番まで観られるのだから。

これ以上レアンドルに甘えるべきではないだろう。彼とは単なる知り合い以上の関係でしかないのだから。

――ドレスまで用意されてしまったら、私にとって有益になりすぎだと思うわ……。

世の中もらうばかりではいけない。もらった分はどこかに還元しなくては。それに今までの運を使い果たしてしまう気もする。

とても好みなドレスを用意されたが、キアラは見なかったふりをしてパティに渡した。

箱にはレアンドルの名前が書かれているが、彼の家名と住所までは記載されていない。

どのように送り返すべきかを考える。こうなれば直接本人に取りに来てもらう方が早いだろう。

「とりあえず、一旦保留にするわ。これはレアンドルに引き取ってもらう方向で話をつけるから、パティもそのつもりでね」

「そうですか、お嬢様がそう仰るなら……」

もったいないと目が語っている。が、誘惑に負けるわけにはいかない。

「今日は手伝いの日じゃないんだけど……しょうがないわ。もしかしたら偶然出会えるかもしれないし、ちょっと支度して行ってくる」

「はい、お気を付けて行ってらっしゃいませ」

手早く身支度を整えてから、帽子をかぶる。ついでにいつものカフェに寄って、新作のケーキを食べてから帰ろう。

――まあ、今日会えなくてもいいけど。出かけるついでにレアンドルに会えたらいいか、くらいで……。

と思いつつ、やはり気になることは早めに解消しておきたい。

キアラは約束をしているわけではない相手と意図的に遭遇するのは難しそうだな……と考えていた。

レアンドルはいつも夕方近くに、差し入れの手土産を持参して稽古場に現れる。そのくらいの時間に行けばいいだろうと思いなおし、先に用事を済ませることにした。

行きつけの文具店によって新しいインクを補充し、いつ会えるかわからないミカエルのために手紙の準備をする。

手伝いを始めても残念ながらミカエルとは遭遇できていない。

しかし一度推しに会えてしまったら、自分は冷静ではいられなくなるかもしれないという気持ちもあった。

――はあ、多分これって憧れと片想いの両方を味わっているような心地よね。……って、別に恋心ではないけれど。

切ない気持ちになっているのは確かだ。ちらりと一目でも姿を見られたらいいのにと欲が出てしまう。

だが、人の欲望には際限がない。きっと小さな願いが叶(かな)えられたら、次から次にあわよくばという気持ちが出てくるだろう。

――ダメよ、ダメ。欲望はちゃんと自制しなくちゃ。

キアラの「応援してます！」という気持ちは団員には筒抜けだ。

皆平等に敬っているし憧れではあるが、その中でも一番はミカエルが憧れだと告げている。彼の佇まいや歌と踊りは、天賦の才があるのだろう。

いろいろ文具を見て回り、ついでに雑貨店に立ち寄った。

白薔薇歌劇団は手紙は受け取るが、贈り物のたぐいは一切受け取らないと公言している。きっと一度でも受け取ってしまったら処分にも困るから。

そのため贈り物はできないが、ミカエルに似合いそうなものを探すくらいなら許されるはずだ。

――このブローチはミカエル様のイメージだわ。あ、こっちの髪飾りはレアンドルにいただいたドレスに似合いそう……って、ダメよ。あれは返すんだから。

後ろ髪を引かれつつ別の商品を購入し、行きつけのカフェでお茶をする。そういえばここでレアンドルと二度会っているが、さすがに三度目はないだろう。

「いらっしゃいませ」

店員に空いている席に案内されて早々に、キアラはレアンドルを目撃した。

――どうして？

向こうも目を丸くしている。双方にとって予想外の遭遇に違いないが、偶然が重なりすぎではないだろうか。

「キアラさん？　奇遇ですね」

レアンドルには連れがいた。同じ黒の騎士服を纏った男性だ。きっと彼と同じ隊の人間で、今は休憩時間なのだろう。

――そういえば前回も少し遅めの昼食でばったり出会ったっけ？

時間帯は今と同じ頃だ。意図せずキアラの方からレアンドルに吸い寄せられたのかもしれない。

「こんにちは」

二人が座る席の隣に案内されたのだが、これは気まずい。

別の席に案内してもらいたかったが、すでに挨拶まで交わしている知り合いがいるのに席を交換というのもあからさますぎる。

レアンドルと同席していた相手は席を立ち、休憩が終わるので戻ると告げていた。どうやら本当に休憩時間中だったようだ。

「ああ、また」

「失礼します」

キアラに向けて会釈をした好青年は、キアラの三番目の兄と同じくらいの年頃か。精悍（せいかん）な顔立ちで、遠くから女性に見つめられるタイプだ。なかなか鍛えられた背中をしていそうだ。

「すみません、お邪魔してしまいましたでしょうか」

「いいえ、彼はちょうど席を立とうとしていたところだったんですよ。たまたまです」

「そうでしたか……それで、レアンドルはまだ時間大丈夫なんですか?」

このままだとキアラのお茶に付き合うと言いかねない。

やはりこれほど融通の利く隊はどこなのかが気になるところだ。

「はい、私は彼より遅く休憩に入ったので。昼食を食べ終わったところですが、まだお茶をゆっくり飲む時間はありますよ」

「そうなのですね」

これはやはりキアラのお茶に付き合うということなのだろう。

レアンドルほどの美形は女性の扱いも心配りもうまいのだな、と改めて認識する。

注文を取りにきた店員に檸檬(レモン)ケーキと紅茶を頼んだ。すぐにどちらも運ばれて、テーブルに並べられる。

「今日は手伝いの日ではなかったですよね。こうして外で偶然お会いできるなんて……なんだか運命のようなものを感じてしまいますね」

レアンドルの頬が僅かに赤い。

——え、自分で言って照れてるとか……まさかね?

運命なのかどうなのかはわからないが、これほど偶然が重なるのも珍しい。

「そうですね、行きつけのお店で時間も決めていないのに、ばったり出会うというのはなかなかないですよね」

「はい。私はキアラさんと少しでも会えてうれしいですよ」

そういえば半年ほど前の舞台でこういう台詞(せりふ)をさらりと言う脇役がいた気がする。

絶妙な台詞回しと気遣いが乙女心をくすぐるのだと、キアラの母が言っていたような……。

「あ、そんなことより、私あなたに言いたいことが」

「そんなこと……いえ、はい？　なにかありましたか？」

レアンドルが振りまくキラキラしたものが半減したが、キアラは気にしない。

今朝届いたドレスをどうにかすることが重要だ。

「次の観劇用にって、レアンドルからドレスが届いたんですが……、せっかくのお気遣いはうれしいんですけど、お返ししてもいいですか？」

レアンドルが音を立ててカップをソーサーに戻した。

いつも所作が綺麗なのに珍しい粗相をする。

「……………理由を、お聞きしても？」

たっぷり間をあけてから、彼が問いかけた。

人の善意を拒否するのは心苦しいものがあるが、今後も続くのは困る。

キアラは心を鬼にして、なるべく相手の気持ちを悪くしないように気を付けながら言葉を選ぶ。

「レアンドルの気持ちはとってもありがたいのだけど、正直恋人や婚約者でもない相手から贈り物をいただくのは申し訳ないので……舞踏会で着ていくようなドレスではないとはいえ、すごくオシャレだし高価でしょう？　簡単に受け取れないですよ」

「ですが私の方から一緒に舞台を観にいってほしいと誘っているのに、なにも贈らないというのは……」

「チケットを譲ってくれるというので十分ありがたいですし、私にとってうれしいです。それなのに着ていく服まで用意されるのは良心が咎めます」

今後も簡単にレアンドルと一緒に行くことを約束できなくなる。

そこまで言うと、彼はようやく渋々了承した。が、今回キアラに贈ったドレスに関しては送り返されたくないらしい。

「キアラさんに贈ったものなので、返品されても私の手に余ってしまいます。捨てるのはもったいないですし」

「……なるほど、それはそうかもしれませんね」

これは双方にとって困ることかもしれない。

――じゃあ遠慮なくいただいておく？　今回限りと言って……。

ドレスはとても可愛らしい。キアラ好みのデザインだ。

気に入ったかそうでないかと問われれば、もちろん気に入っている。

だが受け取る名目がないだけで。

ううむ……とケーキを食べながら悩んでいると、レアンドルが名案を思い付いたとばかりに問いかける。

「つまりキアラさんは、恋人でもない相手から受け取ることに引け目を感じているのですよね？」

「え？　ええ、まあそういうことですね……？」

「それでは、私と恋人になったら問題ないですよね」

レアンドルが笑顔で予想外の提案をした。

さすがにキアラも「え？」と訊き返してしまう。

「キアラさん、私の恋人になってくれますか？」

気づけばレアンドルに両手を握られていた。いつの間に手からフォークを抜き取られていたのかもわからない。

ざわついていた店内がシン……と静まり返っている。

目線のみで店内を見回すと、女性客が固唾を呑んでキアラとレアンドルの動向を見守っていた。

——え、ええ⁉

なんだこの状況は。

人生ではじめて告白された。

しかもこのような美形な騎士にされるとは思ってもいなかったし、顔のいい男に恋人になってと求められるのは案外気分がいい……。

——って、いやいやいやいや、そうじゃなくって！　ここで承諾するのはちょっと違う気が……！

顔に熱が集まってくる。

キアラの脳内に思い浮かんだのは、憧れであり推しのミカエルだ。キアラが彼に憧れを抱いていることをレアンドルも把握している。

ならば、ミカエルには申し訳ないが断り文句に使わせてもらおう。

「えっと……」

心の恋人はミカエルです。

そう言おうとした寸前、レアンドルが先手を打った。

「ミカエル以外で好きな男性は？」

「……っ」

——うう……追い詰められていくんだけど⁉

これはもう逃げられそうにない。

キアラは詰めていた息を吐きだして、誠実に自分の置かれている立場を明かすことにした。

「あの……実は私、こうやって自由な時間を過ごさせてもらっているのは理由があるんです。お父様が決めた婚約者がいて、一年後……いえ、もう十か月後？　に結婚することが決まっています。ただ相手の男性は顔も名前も知らないのですが……」

「……そうでしたか」

こんなことを言えば、キアラが貴族なのではと勘づくかもしれない。いや、自宅にドレスを送っている時点で十中八九気づいているだろう。

恋人になってほしいと言われたことは素直にうれしかった。だが、ここまで言われても食らいつくほど、レアンドルは女性に不自由していないはずだ。

――ミカエル様以外でちょっといいなって思っていたけど、仕方ない。これが現実だもの。

レアンドルに恋愛感情はない。

しかしそれも時間の問題だったかもしれない。

適切な距離を保ちつつ彼と友人関係を育んでいけば、きっと今後も良好な関係が築けるはずだ。できればそう思いたい。

キアラがほんの少し感傷的な気分に浸っていると、レアンドルが微笑を浮かべた。ちなみに両手はまだ握られたままだ。

「では、期間限定の恋人になりましょうか」

「……はい？」

――え、話聞いてた？

キアラの自由時間はもう十か月ほどしか残っていないが、キアラはレアンドル以外の男性との結婚が決まっている。

それまでの間に恋人になろうというのは、一体どういうことなのだろう。

「あなたが自由時間を得ているのであれば、期間限定で好きなことをしても許されるという状況なのですよね」

「ええ、まあ……両親とはそういう約束をしています」

「そうであれば、私と付き合うことになんの障害もありませんね？」

レアンドルがめげずに食らいついてくる。

キラキラした笑顔で断言されると、そうなのかもしれない……という気持ちがこみ上げてきた。

自由時間の条件について、キアラの父は特に言ってこなかった。節度を忘れずにいれば好きに過ごしていいと言われている。節度とは、羽目を外し過ぎず危険なことには巻き込まれないようにということだろう。

——はっきりと言われたわけじゃないけど、自由時間中に恋人を作ってはいけないとは言われてない……つまり、私の気持ち次第?

キアラはレアンドルから放たれる色香に半ば誘惑されながら、小さく首肯した。

「そ、そうかも……?」

「はい、では私のことは今日からキアラさんの恋人ということで、お願いしますね」

「あ、はい……よろしくお願いします」

勢いに押されたまま頭を下げた。

その直後、周囲から小さく拍手をされる。

期間限定かつ、押しに負けて付き合うような微妙な始まりにも拘らず、女性客からは一切嫌な視線を感じない。

皆、羨望に近い眼差しでキアラとレアンドルを見つめていた。

——どうなっているんだ、この状況は。

冷静になったらダメな気がするが、レアンドルのうれしそうな笑みを直視するとキアラの常識がどこかへ消し飛びそうだ。

かつて三人の兄のうちのひとりが言っていた。

常識なんて壊すためにある、と。

あの頃はなにを言っているんだと思っていたが、兄はこういうことを言いたかったのかもしれない。

自分自身で決めた価値観は、時に自分への重荷となってしまう。大事なことを見誤ってはいけない。法を犯さない限り、楽しんだ者勝ちだと。

――じゃあ、節度を守ったまま恋人ごっこをしてもいっかぁ……。

気づけばレアンドルがキアラの分の会計まで終わらせて、キアラを馬車で送り届けていた。密室の馬車に二人きりという状況が妙な緊張感を抱かせる。

今までレアンドルの顔を好ましい、美形だとは思っていたが、こんな息苦しさを感じるほどまでかっこいいと思ったことはない。

これは一瞬でもキアラがはじめての恋人という肩書を得たことで舞い上がっている証拠なのか。

「キアラさん、緊張してますか？」

「え！　あ、はい……多分」

「そうですか、実は私もです」

向かいの席に座るレアンドルが、恥ずかし気もなく本音を明かす。

「女性に対してこのような気持ちを抱いたのは、キアラさんがはじめてなんです。あなたに会いたくて、街を歩いていてもついあなたの姿を探してしまうほどに」

彼の目は真っすぐキアラを見つめていて、嘘などは微塵も感じさせなかった。僅かに紅潮した頬が、彼も自分と同じ気持ちなのだと伝えてくる。

彼がそんなことを想っていたなんて知らなかった。

キアラにとっては単純に親切で、少し距離が近い知り合い以上の騎士という位置にいたが、ほんの些細な出来事で人との関係なんて変わってしまうものなのかもしれない。

「たとえ期間が決まっていても、あなたの恋人になれたことを誇りに思います」

「……そ、そんな大層なものでは」

レアンドルがサッと席を移動し、キアラの隣に座った。

その瞬間、ふわりと彼の香りが漂ってくる。なんとも言えない甘さが混じった香りは、キアラの思考を瞬時に奪いにかかった。

――す、すごく近い……！

彼の体温が感じられるほどの近距離だ。このまま抱きしめられてしまいそう。

「キアラさん、ここを誰かに許したことは？」

そっと顎に指をかけられた。

親指でスッと唇をなぞられると、なんとも言えない震えが背筋をかけた。

「唇……？　いいえ、キスなんて誰とも……」

「ご家族とも？　口にはしたことない？」

キアラはこくん、と頷いた。

自分の記憶を探ってみるが、家族とは頬や額にまでしかしたことがない。当然親愛の証でしかキスを経験したことがなかった。

「そうですか。唇への恋人同士のキスはまだ誰にも許していないのですね」

「だ、だって恋人なんていたことないですもの」

恋だって未経験、愛もよくわからない。

結婚は貴族令嬢の義務としてするつもりだが、そこに愛情が生まれるかは結婚後の頑張り次第だと思っていた。

キアラの両親は恋愛結婚で、主に母がグイグイ迫ったという経緯があるらしいが、キアラはそこまで積極的に男性に迫る自分が想像できない。

きっと恋愛には受け身なのだろう。

——いつかお母様のように、この人！　と思える男性が現れたらって想像していたけれど……私にはよくわからないって思ってた。

だからこそ、素直に縁談を受けたのだ。

このまま過ごしていても、自分に恋心が芽生えるとは思えない。

なんなら父が探してきた縁談相手に恋した方がいい。娘を溺愛している父が不幸になる結婚を許すとは思えなかったから。

「……あなたのはじめての恋人が私であることが、たまらなくうれしいです」

吐息すら感じられる至近距離で囁かれた。

「キス、しても？」

こうして確認してくれるのは、キアラの了承がほしいから。

決して強引に関係を迫ってこないところが好ましい。

――キス……してみたいかも。

少しでもいいなと思えた男性とはじめてのキスがしたい。

やはりよく知らない相手に唇を捧げるより、自分で選んだ相手の方がいい。

「はい……」

顔を真っ赤にしてキアラが目を閉じた直後。

キアラの唇に柔らかな感触があたった。

チュ……と触れるだけのキスは想像以上に柔らかくて、そして少し物足りない。

ゆっくり瞼を開けると、レアンドルの視線とぶつかった。

彼の目の奥には、言い表せられない焔が潜んでいる。

その強い眼差しで自分を見つめてくれているのだと思うと、身体の奥からぞわぞわした疼きがこみ上げてきそう。

「……もう一回」

自然と欲望を口にする。

キアラのおねだりを受けて、レアンドルが小さく微笑んだ気配がした。

――あ、今度はもっとしっかり触れて……。

かすかに触れ合うだけのキスではなく、体温が伝わってきそうなキスだ。互いの唇の柔らかさを堪能し、感触を味わっている。

きっとレアンドルの唇は何度もキスを経験済みだろう。

でも今この瞬間はキアラのものだと思うと、独占欲のようなものまで湧き上がってきそうだ。

「……キアラさん、少し口を開けて」

僅かに唇を放されたと同時に囁かれた。

その声にもレアンドルの色香が潜んでいるように感じる。いつもより低くて掠れた甘い声が、キアラの鼓膜を震わせた。

言われた通りに少しだけ口を開く。すると、ふたたび彼の唇が合わさった。

「……っ！」

下唇を舐められた直後、口内に肉厚ななにかが侵入する。

それはすぐにレアンドルの舌だと気づいた。

まさかはじめてのキスをした直後に深いキスをするとは思わず、身体が硬直しそうにな

る。キアラにとっては未知の経験だ。

歯列を割られて頬の内側をざらりと舐められる。縮こまって逃げる舌はすぐに追いかけられて、レアンドルの舌と合わさった。

口内にたまる唾液をどうしたらいいのかわからない。呼吸もいつ、どうやって息継ぎをしたらいいのだろう。

——ど、どうしよう……大人のキスってこんなことをするの？　唇が合わさるだけじゃないの⁉

どちらのものかわからない唾液を飲み込んだ。知らずに体温が上昇しているようだ。

身体が熱い。お腹の奥がずくずくする。

なんだか下着が湿っているような変な心地にさえなり、キアラの思考があちこちへ飛んでいく。

「……キアラさん、ちゃんと息してますか」

唇が解かれると、ようやく酸素を吸えた気がした。

肩で呼吸をしているのがバレバレのようだ。猛烈に恥ずかしい。

「すみません、自重しようと思ったのですが……無理でした」

レアンドルが堂々と宣言した。

ある意味潔いなと感心しつつも、初心者相手にするキスではないのでは……と恨めしい気持ちにもなった。

「だ……いじょうぶです……でも、なんだか自分でもわからないほど、ふわふわした気持ちで……」

「ああ、そんなに蕩けた目で見つめられたら……」

レアンドルがそっと視線を外した。目尻が赤く染まっている。

自分は一体どのような顔をしているのだろう。キアラはそっと両手で頬に触れてみるが、多少体温が熱いと感じるだけだ。

「どうしてくれるんでしょうね……可愛すぎて帰したくないなんて」

独り言のように紡がれた言葉にドキッとする。まさかそんな風に思われていたとは思わなかった。

「ちょっと抱きしめていいですか」

「え？　あの……って、ひゃ！」

許可を取りながらキアラを膝の上に乗せた。

キアラは小柄とは言いがたい。

女性の平均身長より高いし、骨格もしっかりしている方だ。

なのに、レアンドルはキアラを易々と持ちあげて膝に乗せている。重くないのかと心配になる。

「あの、重いので……無理しない方が」

「あなたが重い？　まさか。そう感じるなら男側の鍛錬が足りていない証拠ですね」

さすがは騎士。兄たちと同じような発言をしている。

——でも、兄さまたちとは違うのよね……しっかり鍛えられていることは伝わってくるけど、筋肉の質が違うというか。

大柄でガッシリという表現がぴったりな筋肉ゴリラと比べて、レアンドルからはしなやかさが伝わってくる。

どちらがいいというものではないが、女性に好まれるのはレアンドルの方だろう。ゴリラは少々圧が強い。

「私にキスされたり、抱きしめられるのは嫌ですか？」

耳元でレアンドルに囁かれた。

彼の体温も腕の強さも、なにもかもが嫌ではない。これは俗に言う、身体の相性がいいというやつなのだろうか。

「嫌じゃないです……なんだか心地よくて、離れがたい感じです」

「そうですか……よかったです。……ではもう少し触れても？」

キアラはこくり、と頷いた。もう少しだけレアンドルと触れ合ってみたいという欲望が湧き上がったのだ。

レアンドルの手がキアラの首に触れる。

ゆっくりと首から肩、そして胸のふくらみに触れた。

「ん……っ」

形をなぞるだけでいやらしさは感じない。

そんなところを異性に触れられた経験が一度もなかった。

「気持ち悪いですか？」

優しく胸のふくらみに触れられながら尋ねられる。

キアラはゆっくりと首を左右に振った。

彼は安堵（あんど）の息を吐いた。キアラに嫌われていないと確かめたかったのかもしれない。

しかし次の瞬間、レアンドルは硬直する。

「……あの、つまり私たちって、身体の相性がいいっていうやつなんでしょうか？」

「……え？」

「キスをしても抱きしめられて、胸に触れられてもふわふわした夢心地になるというのは、そういうことなのかなって。レアンドルとの深いキスはびっくりしたけど、とても気持ちよくって……自分じゃいられないような感覚があって」

「うん、ちょっと待って……」

珍しくレアンドルが砕けた口調になっていた。

目元を手で押さえているのは何故なのだろう。

だがすぐに強く抱きしめられて、腕の中に閉じ込められた。彼の顔が見えないのは少々もったいない。

「……本当の試練というのは、交際してからだという言葉を噛みしめてました。ええ、そうですね……身体の相性がいいかどうかは、確かめてみないとわかりませんが」

「キスだけじゃわからないの？」

「あなたがどこまで理解しているのか、すり合わせる必要がありそうですね……。でも残念。今日は時間切れのようです」

馬車が停まった。

レアンドルの指示で遠回りをして馬車を歩かせていたようだが、もう伯爵邸付近に到着してしまったようだ。

「この続きはまた今度。次の観劇は、私が贈ったドレスを身に着けてくれたらうれしいです」

「……はい。あの、いろいろとありがとうございました。ドレスは遠慮なくいただきますね」

馬車を降りる。

彼の顔を直視すると、キアラの熱がぶり返しそうになった。

「うーん、もう少し熱を冷ましてからの方がいいかもしれませんね」

「え！　そんなに変な顔をしてますか？」

頬を両手で叩いたら正気に戻るだろうか。

「いえ、可愛すぎるという意味ですよ。キアラさんは正直な方ですから、なにかあったと悟られるかもしれませんし……」

そんな可愛い顔を他の人に見せたくない。

そうはっきり告げられて、キアラの顔の熱がさらに上昇しそうだ。

「だ、大丈夫です！　ミカエル様と出会えて興奮したと言っておくので！」

「それはそれで複雑なんですが……」

女性とはいえ、男装の麗人で憧れの人物と比較されるのは微妙なのだろう。レアンドルの葛藤が伝わってくる。

だが彼はすぐにキアラに微笑みかけた。

「憧れの人の話をしているあなたも可愛いので、仕方ありませんね。私も魅力的だと思われるように、努力します」

そう告げて、馬車が去っていく。キアラは呆然（ぼうぜん）と馬車を見送った。

「……夢？」

なんだか全体的に夢のようだ。

ふらふらと屋敷に戻り、自室の長椅子に座りこんだ。

侍女のパティが不審な顔を向けてくるが、あえてなにも尋ねてこないのがありがたい。

——キスをしてドキドキして、でもこのドキドキはミカエル様へ向けるトキメキとはちょっと違って……。

もしかしたら自分は浮気性なのだろうか。

自分でも気づかなかった一面に気づかされて、キアラは鍛錬用の服に着替えだした。

「お嬢様？　急に着替えてどうされるんですか」

「ちょっと、いろいろ頭をすっきりさせたいから、庭を走ってくる！」

「そうですか。行ってらっしゃいませ」

屋敷の敷地内を走るだけで十分運動不足を解消できる。

父と兄たちが作った肉体作りの器具も置かれているが、キアラはとにかく走ってこの気持ちを発散させたい。

——この、言葉では表現できない気持ちをどうにかしたい……！

交際直後にキスを許してしまう自分は問題ないのだろうか。

それともこの自由時間は一途（いちず）にミカエルのみを想い続ける時間にするべきだったのか。

自分自身の気持ちがわからなくて、でもレアンドルとの交際に舞い上がっている。

これを恋と呼ぶには早すぎる。ではなんと呼べばいいのだろう。

「……っ！　わ、あああぁぁ……っ！」

一足飛びに大人の階段を駆け上がった心地になり、キアラは日が暮れるまで屋敷の敷地内を走り続けたのだった。

第四章

「最近の君、やたら機嫌がいいようだね」

ノグランド王城のサロンにて。

主からの唐突な指摘を受けて、レアンドルはぴくりと眉を動かした。

「まあ、君がご機嫌な理由なんてひとつしか思い浮かばないけど。愛(いと)しのキアラちゃんとなにか進展があったか、傍にいる時間が増えてうれしいとか、そんなところでしょう」

優雅にお茶を楽しんでいるのは、レアンドルの護衛対象であるこの国の末姫、ミカエラ王女だ。

年の離れた兄と姉はすでに結婚しており、現在この国で独身の王族は十にも満たない兄王子たちの子供を除くとミカエラのみだ。

二十歳になったミカエラ王女は未だに独身時間を謳歌(おうか)しており、自由奔放に育ったため王族としても規格外の立場にあった。

「私の大切な女性を気安くちゃん付けで呼ぶなよ、姫様。馴れ馴れ(なな)しい」

「うわあ～余裕のない男だねぇ～。でもごめんね？　キアラちゃんの心は私のもので！　私の一番のファンだなんて気分がいいな～。文章からも素直で真っすぐな心が伝わってくるんだよ。すごく可愛いよね～抱きしめちゃいたい」

ニマニマ笑う顔には心底楽しいと書かれている。

ミカエラはどこから取り出したのか、キアラが送った数通の手紙(ファンレター)を握っていた。

レアンドルは思わずスッと目を細めてその手紙を見つめてしまう。

意中の女性が書いた手紙だと思うと、ものすごく羨ましいし嫉妬心がこみ上げてきそうだ。

彼は面白いことが大好きで、自由奔放に周囲を振り回す年下の従妹に頭を悩ませていた。

「それはあなたじゃないことをお忘れなく。キアラさん……が慕っているのはミカエルで、ミカエラ王女じゃないんだからな」

「でもそれってどっちも私だからなぁ。気づいている人もいると思うんだけど、暗黙の了解ってやつで公にはされていないし。だからこそ私は好きに動けるんだけどね」

キアラが熱を上げ続けているミカエルの正体は、ミカエラ王女だ。

その事実を多くの人は知らないか、気づかないふりをしている。

ミカエラが白薔薇歌劇団に入団したのは、社交界デビュー前の十四歳になったばかりの頃。

劇団の運営の伝手で入ったのではなく、なんと正規のオーディションを受けて見事合格した強者だ。

ミカエラはその当時から同世代の女の子よりも背が高く、声も顔立ちも中性的だ。

幼い頃から歌と踊りと、そして女性を楽しませてチヤホヤされることが大好きだった。舞台の上で生きることが生きがいのような性格のため、両陛下から好きにしていいと許しを得て今に至っている。

歌劇の世界は実力主義だ。身分による順位はなく、少しの天賦の才と努力でトップにまで上り詰めた。

両陛下は本人の努力で舞台に立っていることを知っているからこそ、彼女の在り方を否定しないのだろう。

男装用のかつらを脱いで、舞台化粧もしていないミカエルとミカエラ王女が同一人物だと一目で気づくことは難しい。髪色が異なるだけで随分印象が変わってくる。

だが、城内で過ごすときもドレスではなく男性の服装を好んでいるため、もしかして？と気づく者はいるだろう。

今は本来の金色の髪を頭頂部でひとつにまとめて、騎士見習いでも通用しそうな恰好をしていた。

「私も早くキアラちゃんに会ってみたいな～。嫉妬深い従兄が会わせてくれないってひどいよね。しかも会わせないように私の予定を動かすなんてさぁ。普通は好きな女の子の憧れの人って、無理をしてでも会わせてあげようって思うものじゃない？」

「ダメだ。キアラさんに会ったら絶対口説くだろう。私以外が彼女を口説くところなど見たくないし、可愛らしく頬を染めて見惚れる彼女も見たくない」

「わ～嫉妬深い！　狭量な男は嫌だね。これだから現実の男は女々しくてつまらない。舞台で踊る私たちの方がよほど女性に夢を見せられるって思うね！」

年齢がひとつしか違わないため、レアンドルとミカエラの関係は主従関係というほど堅苦しいものではない。

キアラには告げていないが、レアンドルは現国王の王弟の息子であり、グレイユール公爵家の次男だ。

彼は子供の頃に騎士の道を志し、主に王族の警護を担う近衛騎士に着任した。

現在は近衛騎士団の副団長にまで上り詰めて多忙な日々を過ごしているが、なんとか時間をやりくりして、（ほぼ無理やり）歌劇団の稽古場からキアラの屋敷付近まで送り届けている。

「もし、キアラさんがどうしてもミカエルに直接会いたいと願うのであれば、私も考えるが」

「え！　君が私に頭を下げて懇願するってことかい？　それは楽しみだな！　今すぐやっ

て見せてくれ」

「調子に乗るなよ、姫様。あなたが自由に出歩けるように調整しているのは、我々が奔走しているからだというのもお忘れなく」

わかってるって、と軽く流されるとなんとも言えない心地になるが。一応ミカエラも王族としての警戒心は持っているようだ。あまり心配はしていない。

焼き菓子を食べながら、ミカエラがにんまり笑う。

「しかしさー、君のキアラちゃんへの気持ちってもはや病気だと思うんだけど。彼女も少しは勘づいているんじゃない？　嫌われたくない一心でキアラちゃんへは口調を改めて丁寧語を使うし、しかもキアラさんって呼んでるわけでしょ？　私相手にも敬語なんて使わないのに、笑えるなー」

「……仕方ないだろう。何年片想いをしていると思っているんだ？　本人を前にしたら緊張しないかと気が気じゃないし、嫌われたくないから可能な限り紳士になるしかないだろう。好意的な印象は大事だ」

それに一度キアラに丁寧語で接してしまうと、口調を崩すというのは難しい。彼女にはできるだけ紳士な印象を与えたい。

素のレアンドルの口調はあまり丁寧な方ではない。

早くから騎士の道を志したため、男社会の中で揉まれて育ってきたのだ。

本来の育ちの良さがあり、丁寧な口調を心掛けて気品も忘れないように気を付けているが、共に騎士として切磋琢磨してきた仲間といれば多少粗野な口調にもなる。

「心の中ではキアラって呼び捨てにしているのに、本人を前にしたらさん付けでしか呼べないなんて……ははは！　ヘタレな男だね〜笑えるよ。君に恋する女性たちに見せてやりたいな」

「……なんとでも言えばいいだろう。私は彼女と同じ空気を吸えているだけで幸せを感じているんだ」

「あはは、気持ち悪いな」

ミカエラが辛辣な感想を口にした。

だがレアンドルの精神は鋼のように鍛えられているため、そのような言葉の刃にも動じない。

いくら切りつけられても傷ひとつできる気がしない。

——そうだ、キアラ……と同じ空気を吸えるだけで幸せなんだ。

ずっと叶えたいと思っていたことをようやく実現できている。手を伸ばした先に彼女がいるなんて、夢のような心地だ。

「まあ私としても、従兄の長年の片想いが成就しそうであるなら、喜ばしいと思っているよ。でもねぇ、君のその執着の片鱗が見えたら、素直なキアラちゃんは逃げ出すんじゃないか？　だって私が引くくらい愛情が重いし」

「問題ない。これからどろどろに甘やかして私なしじゃ生きられないようにすればいい。それに、自由時間の終了間近に別れたくないと泣いて縋られたらうれしすぎて泣くかもしれない」

レアンドルが真顔で答えると、ミカエラはなんとも言えない微妙な顔になった。

そんな従妹の様子を気にも留めず、レアンドルはもう何十回も脳内で再生させたキアラとの思い出を蘇らせる。

二人が出会ったのはかれこれ十年以上前のこと……レアンドルが八歳で、キアラは五歳になりたてだった。

子供の頃、喘息を患っていたレアンドルが静養目的で長期滞在していたのが、アランブール伯爵領であるエーデルベス地方だ。

ノグランド国の南方に位置し、緑もあれば海にも近い漁業が盛んな街だ。

温暖な地域で多くの貴族が別荘を構えている。食べ物も豊富で美食家の街とも呼ばれている人気の観光地だ。

その場所でひと夏だけ、レアンドルはアランブール伯爵一家と過ごしたのだ。

その頃病弱だったレアンドルと発育のよかったキアラは背丈が似ていた。

好奇心旺盛な幼いキアラが積極的にレアンドルを構ってきたので、孤独や寂しさを感じる暇もなかった。

　自然の中で彼女の兄たちも一緒に遊んだのは、今でも美しい思い出となっている。

　――まあ、年下の女の子に庇(かば)われたのは恥ずかしかったけどな。

昼間から酒を飲んだくれていた酔っ払いのごろつきに絡まれたとき、キアラはレアンドルを守るように両手を広げて追い払った。

　今思えば酔っ払いはなにか悪さをしようと思っていたのではなく、単にからかってやろうとちょっかいを出してきただけだったのだろう。だが子供にとっては、見知らぬ酒臭い大人に声をかけられること自体が恐怖だ。

『あっち行って！』と一言言い放つだけでも、どれだけの勇気を振り絞ったのだろう。小さな身体に守られたことがうれしくて、不甲斐(ふがい)なくて、情けなかった。

　このままではダメだと、レアンドルは強く思った。

　早く身体も丈夫になって、アランブール伯爵に認められるような騎士になろうと。

　喘息の症状も治まってから、公爵領に戻った後。レアンドルはキアラを守るために剣の稽古をはじめて騎士学校へ進んだ。

　レアンドルには兄がいるため、騎士になることには反対されなかった。

　ちなみに結婚したらグレイユール公爵が持ついくつかの爵位のうちの伯爵位を譲られる予定だ。今はまだ気ままな次男で、ミカエラ王女の護衛をしているが。

挫折を繰り返しながらもキアラの兄たちと交流を続けて、キアラに関する近況報告はずっと受けていた。

だがレアンドルは一人前の騎士になるまで、キアラには会わないと決めていた。

「キアラ断ち……長かった」

しみじみと呟いてしまう。

目標を達成するまで好きなものを断つと決めて、とてつもなく不安だった。

自分のことをキアラに忘れられてしまうことも、彼女に好きな男ができて結婚されてしまうことも。

不安と葛藤を抱きつつもようやくキアラが成人を迎えて、堂々と会いに行けるようになった。この好機を逃すつもりはない。

「ところでさ、レアンドルがキアラちゃんの子供服や玩具(おもちゃ)とか、孤児院に寄付予定だった不用品を全部引き取ってると知ったら、いくら心が広いキアラちゃんでもどう思うかな。嫌われるんじゃないか?」

さすがにゴミまでは引き取っていないが、キアラの不用品はすべてこっそりキアラの二番目の兄、ウィリアム経由でレアンドルに届いていた。

もちろん無料ではない。守銭奴のウィリアムがこっそり懐を潤わしていることを、キアラ本人も知らないだろう。

「キアラがミカエルにまつわる製品をすべて集めたいことと同じだと言えば、彼女は納得せざるを得ないだろう。憧れの対象が違うというだけで、理解はされるはずだ」

さすがにキアラが切った髪までは買い取らせてもらえなかった。キアラの兄たちにまで「それは気持ち悪いぞ」と引かれてしまったのだ。

レアンドルとしては、リボンを巻いて額縁に入れて部屋の壁に飾ろうと思っていたのだが、特殊な嗜好なのだと理解した。せめて髪の毛一本くらいお守りにしたいと思ったが、賢明にも口には出さなかった。

恋人同士となったキアラと、これからたくさん思い出を作ればいい。キアラが関わったものはすべて残しておきたい。

――はじめてのキスはもっと思い出に残るような特別な場所で……と思っていたが、無理だったな。我慢が利かないなんて我ながら情けない。

だがキスだけで止めたのは褒められるべきだ。よくぞ我慢したと言ってやりたい。

とはいえ、時間があればもっとその先まで彼女に手を出していたことだろう。

キアラを言いくるめて、顔も知らない婚約者に操を立てる必要はないとまで言ったかもしれない。

「秘密だらけの男と交際するなんて、同じ女性として不憫になるよ。私なら絶対早まったと思うね」

「ひどい言い草だな……」

「だって君、自分がキアラちゃんの縁談相手だって言ってないんでしょ？　婚約者だと名乗りもせずに期間限定の恋人の立場（ポジション）までちゃっかり得ちゃうなんて、策士すぎて嫌になるよ」

「それは、彼女が縁談相手を知りたくないと言ったから、私も仕方なく隠したままにしているだけだ。というか、あなただって素性を隠しているだろう。秘密が多いという点では同列じゃないか」

「多少の秘密は必要だろう。やっぱり私に恋してくれた女性は皆幸せになってもらいたいからね。私生活は隠すべきだと考えているよ」

暴かれたら困る私生活を送っているのはレアンドルの方だ。

ミカエラにはキアラも理解するはずと言い切ったが、知らない間に自分が使っていた不用品を保管していると知られたら、嫌悪感が出てもおかしくないかもしれない。

——仕方がない。ならば隠しておくか。

キアラの品を横流ししているのはウィリアムだけだが、この件は他の二人も把握している。ちなみにウィリアムとは同い年ということもあり、キアラの兄たちの中で一番レアンドルと親しい仲だ。

「同列だなんて言うけど、私の秘密はミカエルだけでも君の秘密はわんさかあるよね。まったく、どう転がるか見物だね〜。まさかキアラちゃんも、恋人が憧れのミカエルの護衛をしているとは思わないだろうし」

「秘密の数だけ恋は燃え上がるというだろう」

「ふーん、燃え上がる恋ねぇ〜。ところで君さ、うちの歌姫と恋仲だっていう噂があるらしいけど、キアラちゃんの耳に入らないといいね」

「……は?」

思いがけない噂を耳にして、レアンドルは珍しく唖然とした。

◆　◆　◆

……はじめてのキスを経験してしまった。

その日の夜は食事が喉を通らないかと思ったが、キアラがそんな繊細さを持つはずもなく。屋敷の敷地内を何周も走って身体を動かしたため、いつも以上に食欲が旺盛になった。おかげで誰もキアラになにかあったとは気づいていない。

大人の階段を駆け上がりつつも健康的な日々を送ること二日目。

キアラは汚れてもいい服を持参して、次の公演用の背景を色塗りしていた。

細かな色塗りははじめてだ。緊張しつつも楽しくて夢中になる。

「そうそう、筋がいいわね。筆使いが上手だわ」

「ありがとうございます！」

「多少はみ出ても大丈夫だから。遠目から見て綺麗かどうかが重要よ」

「なるほど……でも舞台を彩る大事な道具ですし、可能な限り丁寧に頑張ります」

塗り直しをできるほど時間はかけられない。

近づかなければわからないような些細な間違いは、先輩の指導を受けながらササッと誤魔化し、観客席から見てどう思われるかを意識する。

緊張しつつも、木の板に理想通りの空の絵が出来上がったときは達成感がこみ上げてきた。

乾かしている間に筆や絵の具を片付けていると、女性たちの楽しそうな会話がキアラの耳に入ってくる。

休憩時間の和気あいあいとした雰囲気も好きだ。ギスギスしているような人間関係を目の当たりにしたらどうしようかと思っていたが、そのような問題は今のところ起こっていない。

「……そういえば、レアンドル様の話聞いた？」

「ああ、この劇団に恋人がいるって話？」

――っ！

思いがけない噂話を聞いてしまい、キアラの手が止まった。盗み聞きするのもいけない気がするが、下手に動くと変に思われるかもしれない。

――え、もう噂になっているの？　でも一昨日恋人同士になったばかりで、昨日はレアンドルに会っていないし……。

彼の性格から、自ら噂話を広めるようには思えない。

考えられるのはカフェでの一幕を見ていた人が話してしまい、巡り巡ってレアンドルのことではないかと噂されるようになったのではないか。

――……レアンドルは目立つから仕方ないとしても、私は別に目立つ容姿をしていないし、特定はされないと思うけど……関係者がいたなら別かも？

だが今のところキアラに直接問いかけがあったわけではない。

レアンドルは騎士の服を着ていなくてもその容姿だけで目立つ。煌びやかな存在感を隠しきれず華やかだ。社交界に出れば常に噂の的になるだろう。

対してキアラは胡桃色の髪に緑色の目で、目が惹きつけられるような外見ではない。いたって普通で、平凡な顔立ちをしている。

自分の容姿に劣等感を抱いているわけではないが、もう少し美人な母に似たかったなとは思ってしまう。

――オシャレとか頑張った方がいいのかな……。

帰ったらパティに相談してみようか。普段からできるちょっとした化粧について聞いてみたい。

だがそんなふわふわした気持ちは、すぐに冷水を浴びせられたように消えてしまった。

「そうそう、少し前にうちの歌姫と夜会に出ていたそうじゃない。レアンドル様がエスコートしていたって目撃した人がいて」

「うちの歌姫と言ったら、やっぱりレティシア様？」

「アンジェリカ様じゃない？」

「どちらも美男美女でお似合いよね〜羨ましい……」

――歌劇団の歌姫をエスコート……？

キアラが知らない情報が入って来た。その目撃情報が確かなものなのかはわからないが、あんなに目立つ男性を見間違えるはずがない。

――え、っと……待って？

事情があってエスコートをしていた可能性はある。それにレアンドルの身内をエスコートしていただけかもしれない。

周囲が身内なのを知らずに、恋人同士の噂が出てしまったのだろうか。

――でも、もし違ったら？　私以外に恋人がいる可能性も否定できない……。

期間限定の恋人を了承するような男だ。もしかしたら本命は歌姫で、なんらかの事情があって公表できないため、その間はキアラを盾に裏で逢引きでもしているのだろうか。

——ううん、そんな不誠実な人じゃ……。

キスをされて舞い上がっていた気持ちが一瞬で凪いでしまった。

はじめてだったのに、レアンドルにとっては遊びだったのかもしれない。知らずじんわりと目頭が熱くなってくる。

——胸の奥がもやもやする……。胃の中をぶちまけたい……。

女性をからかうような人でも、ましてや浮気癖があるような人でもないと思っているが、自分に男性を見る目がなかった可能性もゼロではない。

噂を信じる前に本人に確認するべきだとわかっているのに、歌姫の恋人がいるかもしれない話はキアラに予想外の打撃を与えていた。

第五章

……はじめてできた恋人には、他にも恋人がいるかもしれない。

本人に確認したわけではないのに、もしかして？　の想像が尽きない。

自分は何番目の彼女なのか。そもそも付き合っていると思っていたのは自分だけで、彼にとっては遊びだったのか。

遊びなら遊びだと最初に言ってほしかった。そうしたら互いに割り切って今の時間を楽しめるのに。

――って、私も都合がよすぎるわ……。あと九か月ちょっとで結婚するというのに。

あのような美男子とおままごとのような恋人ごっこができただけで、いい思い出ではないか。相手にだけ誠実さを求めるのは違う気がする。

だが、キアラは最初にきちんと自分の事情を話していた。信用されていなかったのかと思うともやもやが晴れない。

想像がどんどん飛躍していき、キアラの心はどんどんより曇った。

「お嬢様、顔色が優れないようですが。なにか拾い食いでもされましたか？」

「し、しないわよ！　さすがにこの年齢で拾い食いなんて」

「でも領地にいた頃はよくその辺の木の実や果実を食べてましたよね」

それには心当たりがある。

もちろん誰にも迷惑をかけない範囲でしかしていないし、食べられるものだけを厳選していたのだが。

「王都でそんな行動をしたら、さすがにどうかしているわよ……」

「その自覚がおありのようで安堵しました。ではなにに悩んでおいでですか？」

「……ひとりで考えても解決しないことよ……」

憶測だけで物事を考えていても仕方ない。気になるのであれば直接本人に確認するしかないのだと頭では理解しているのだが……。

――なんとなく、直接確認するのを躊躇（ためら）うのはなんでなの……！

一般的な常識を考えれば、キアラがしていることもむちゃくちゃだろう。

もしレアンドルに別の恋人がいたとしても、二人が交際している期間にキアラを優先してくれるのであれば、怒ったり詰（なじ）ったりするのは自分勝手なのかもしれない。

――ああ、もう……！　考えれば考えるほど頭がぐるぐるする。

胃の奥ももやもやして消化不良を起こしそうだ。

そういえば昨日はあまり眠れなかった。

いっそのこと割り切って、レアンドルとの恋人ごっこを楽しむべきではないか。そう思う自分もいるのに、そこまで器用にもなれそうにない。

——ダメだ、不器用な自分を自覚していたら、そもそも恋人を作るなんて酔狂なこともしなかったのに……。

あのときはレアンドルとの交際をつい了承してしまったけれど、今となっては早まったのではないかとも思っている。

「これほどなにかに悩んでいるお嬢様を見たことがないので感慨深いですが、おひとりで考えても解決しないことならば、それ以上悩んでいても仕方ありませんね」

「パティ……」

辛辣だが正論だ。

合理主義な有能侍女は、時にキアラの姉のように諭してくれる。

「私が知っているお嬢様なら、悩みの原因に直接体当たりすると思いますが」

「……うん、そうなのよね。こんな風にあれこれ考えるなんて、らしくないって思うわ」

「ですが、悩んでこそ見つかる答えもあると思います」

パティが柔らかく微笑んだ。

「若いときにあれこれ悩むのは、無駄な時間ではないということです。悩まず突進するより、悩んで自分なりの答えを探してから突進した方が、思慮深い判断ができると思いますわ」

成長した我が子を見るような目で見つめられた。

パティとはたった四歳しか変わらないはずなのに、随分成熟して見える。

「ありがとう、自分なりにいろいろ考えてから突撃しようと思うわ」

「はい、それでこそキアラお嬢様ですわ。ところで、この数日旦那様たちが騎士団の詰め所に寝泊まりをしているのですが」

「そういえば最近お父様とも会わないわね、珍しい。兄さまたちはよくあることだけど。忙しいのかしら」

よほど有事でなければ、父は伯爵邸に帰ってくる。

団長である父は滅多に仮眠室を使用せず、伯爵邸から通っていた。ちなみにキアラの兄たちは月の半分くらいは伯爵邸に住んでいるが、もう半分は寮暮らしだ。

――なにか事件でも起こっているのかしら？　でもよくあることだし、事件が起きてたらなにかしら注意するようにって言ってくるものね。

家族全員揃う日の方が珍しい。

「あ、わかったわ。着替えと差し入れを持って行ってほしいのね？」

「はい、奥様がお嬢様に頼むようにと」

「いいわ、ちょうど身体も動かしたいところだったし。気分転換に行ってくるわよ」

四人分の替えのシャツと下着を小さくまとめる。少々嵩張(かさば)るが仕方ない。

ついでに料理長特製の焼き菓子も持って行くことになった。

――ものの数秒で消えそうよね。肉体派の男性たちなんて、なんでも飲み込むわよ。

一個だけつまみ食いしてもバレないだろう。

手間賃としてバターがたっぷりしみ込んだフィナンシェをこっそり食べてから、馬車で王城に向かった。

帰りは歩いて帰ると告げて馬車を返し、歩き慣れた道を進む。騎士団の演習場にはたびたび顔を出しているため、案内も必要ない。

「この時間だと稽古はしていなさそうね。さて、誰に会えるやら」

三人の兄たちはそれぞれ第一騎士団から第三騎士団に所属している。

城内のあちこちに配属されており、また王都の警備も任されているため、ばったり偶然出会えることは珍しい。

だがさすがに詰め所に顔を出しても、誰もいないということはないだろう。顔見知りの騎士に要件を告げて頼めばいい。

「あれ、キアラじゃねーか」

背後から声をかけられた。

その快活な声の持ち主は、一番キアラと年が近い三番目の兄だ。

「ロブ兄さま、ちょうどいいところに」

――打ち合いでもしていたのかしら。汗かいてる。

鍛錬用の稽古着は胸下まで開いている。鍛えられた胸板がチラ見せどころではない。

首から鎖骨へと汗が滴り落ちているのを気にした様子もなく、ロブは爽やかな笑顔でキアラに問いかけた。

「あ、なんかいい匂いがするぞ！　もしかして差し入れ持ってきてくれたのか？　すげーうれしい！　腹減ってたんだよな」

嗅覚が鋭い。鼻をスンスンさせ匂いを嗅ぎだすところを他の令嬢に見られたら笑われてしまいそうだ。

だがそんな兄の素直さが好ましい。

キアラは焼き菓子が入ったバスケットと、着替えが入った袋をロブに押し付けた。

「差し入れだけじゃないわよ、兄さま。しばらく泊まり込みが増えそうなんでしょう？　着替えのシャツとか、母様が用意してくれたのよ。四人分。父様と兄さまたちにも渡してくれる？」

「うおーさすが！　助かる！　実はさ、洗濯時間に間に合わなくて、そろそろパンツ裏返して穿こうかと思ってたんだよ」

「ええ……引くわ……」

そんなことを明け透けに妹に言わないでほしい。兄に可愛い恋人ができる日は遠ざかりそうだ。

ふと、周囲に人目がないことに気づいた。

今まで尋ねる機会を逃していたが、今ならレアンドルについての情報収集もできるのではないか。

「ねえ、ロブ兄さま。フィナンシェ食べながらでいいからひとつ訊きたいんだけど」

「ん？　ふぁんだ？」

早速フィナンシェを一口で頰張っている。これでは数秒で食べつくされてしまいそうだ。

他の同僚にも分けるようにと釘をさしつつ、キアラは慎重に言葉を選ぶ。

「あの……騎士団にいるレアンドルって名前の人、知ってる？」

「……へ？　れ、レアンドル？」

「そう、家名は知らないんだけど……金髪で深い青の目をしていて、すごい美形の。とても目立つ人よ。女性だったらすぐに白薔薇歌劇団のトップになれそうなくらい華やかで、存在感がある人なんだけど」

「いや、いきなり性転換させた表現をされてもだな……まあ、知らないこともないぞ。有名人だし」

「やっぱり？」

――あれだけの美男子だもの。目立たないはずがないわよね。

だが騎士の中の有名人は、外見で決まるものではない。

剣の腕はもちろん、その他の体術や騎士としての評価の方が重視される。この場合の有名人はいい意味なのか、悪い意味なのか。

女性にだらしないという意味での有名人だったら、ちょっと泣きたい。

「ねえ、その人ってどこの所属なの？　剣の腕はどれくらい？　ロブ兄さまは勝てそう？　どんな人柄で、これまで女性関係で問題になったこととかは……」

「ま、待て待て、落ち着けって！　急に質問攻めされてもだな……」

いつもハキハキしているロブにしては、珍しく歯切れが悪い。キアラは思わずじっとりとした眼差しでロブを見つめる。

――ま、まさかロブ兄さまに限って嫉妬してるとか？　自分にはないものをたくさん持っているレアンドルが妬ましくて、妹の私に情報を与えたくないなんて思ってる？

妬みや恨みなどとは無縁なのがロブのいいところだ。彼は真っすぐで陽気な気質で、人と自分を比べることはしない。もっと理想に近づけるように、高みを目指せばいいだけと考える。

――それか言い渋る原因は、レアンドルに女性関係の噂が多くてどれから言ったらいいかわからないとか……？

歌劇団の中でさえ、彼は歌姫と恋仲だと言われている。レアンドルと噂になる女性は皆美女揃いだろう。

キアラはそっと自分の胸元に視線を落とした。

少々ふくらみが足りない胸は、走りやすいし邪魔だと思ったこともないが、もう少し……あとほんの少し、触り心地がいいと思えるほどふっくらしてほしい。

――違う、すごい嘘ついた。走ったときに邪魔だと思えるくらい育ってほしいし、胸が邪魔でつま先が見えない不自由を体験してみたかった！

もしやレアンドルは、胸が控えめなキアラに飽きたのだろうか。

だが胸の大きさなんてはじめから目視でわかる。飽きるとわかっていたら最初から声をかけないでほしかった。

「やっぱり答えられないほど、レアンドルって噂の的なのね」

「いや、違……俺だって正直に話してあげたいけど、話すなって言われてて」

「誰に？　レアンドルに？　まさか知り合いなの？　それとも二人して私をからかってる？」

「いやいや、俺がお前をからかうなんてしたことはあるけど、していいこととダメなことくらいの区別はわかってるぞ！　こういうのはダメなやつだろ」

真っすぐな兄の目を直視する。

なにか誤魔化そうとはしているが、後ろめたいものがあるわけでもキアラを落ち込ませようとしているわけでもなさそうだ。

「そうよね、ごめんなさい。ロブ兄さまに当たるようなことを言って」

「いや、別にいいけどさ……なにかレアンドルにされたのか？　嫌なことがあって助けがほしいなら力になるぞ。まあ、俺は真正面から決闘を申し込むくらいしかできんが……」

自分ひとりじゃ難しいだろうから、その場合は二人の兄にも声をかけると言っている。

急に情けない弱音を言うなんてらしくないが、それほどレアンドルは剣の腕が立つのだろう。

――よし、もう帰ろう。用事は済んだのだし。

これ以上兄の時間を邪魔するのは忍びない。彼にも仕事があるのだから。

「お時間とってごめんなさい。帰るわ」

視線をロブへ向けた瞬間、遠くの回廊を歩くレアンドルの姿が目に留まった。

いつもの黒い騎士の制服ではない。

見たこともない白い騎士服を纏い、隣には背の高い女性を伴っている。金色の髪がレアンドルとよく似ている。まるで王女のように気品が溢れた美しい女性だ。

――あ、わかった。やっぱり私はからかわれていただけだったんだ。

白い騎士服は近衛騎士しか纏うことを許されない特別な制服だ。騎士の家系で育ったキアラならすぐわかる。

近衛騎士団にはいくつかの条件を満たさないと入れないほど厳しい審査があり、そして警護対象は王族だ。

あの女性はきっと王女……この国でまだ嫁いでいない未婚女性は、ミカエラ王女のみ。つまりレアンドルはミカエラ王女の近衛騎士で、なんらかの理由でたまに一般的な黒い制服を着ていたのだろう。

——気分転換？　気晴らし？　いつも王城じゃ息苦しいものね。

キアラだってひとりで商店街を散歩するのが好きだ。それができるのもきちんと治安を守ってくれている騎士がいるからだとわかっているし、彼らを尊敬している。

でも、レアンドルの気晴らしに自分を巻き込んでほしくはなかった。

——ダメだ、私ずるい。自分は顔も名前も知らない相手と結婚するって言っておいて、期間限定ならいいとか言ったくせに。

一番ずるいのは自分ではないか。

「おい、キアラ？」

ロブがキアラを気遣うように声をかけた。

その瞬間、キアラは「帰る」と一言告げて勢いよく走りだした。

「あ、最近若い女性を狙った誘拐事件があるから一人歩きは……って、足はえぇー！」

ロブの声が遠ざかっていく。

瞬発力のあるキアラの脚力なら、この場から一気に駆けだすことくらい造作ない。

こちらがレアンドルの姿に気づいただけで、彼はキアラには気づいていないだろう。なにせキアラたちの場所からレアンドルがいた場所まで距離がある。キアラの視力がいいため、遠目からでも彼とミカエラ王女が判別できただけだ。

――悩み事があれば走って発散！

誰かの邪魔にならないように人通りが少ない道をあえて選び、やみくもに走り続けた。

王城からほど近い場所にある劇場付近で足を止めた。乱れた呼吸を整えて、通い慣れた劇場を見上げた。

「……次の観劇の約束、どうしよう」

もう三日後に迫っている。レアンドルが贈ってくれたドレスを着るのを密かに楽しみにしていたが、これでは舞台に集中できそうにない。

だが一緒に観に行くと約束した。人助けで行くと言ってしまった手前、約束を破りたくはない。

それに恋人同士が一緒に観劇に行くのは普通の行為だ。彼と観に行かなくなるのは、別れたときからになる。

「……っ」

胸の奥がズキッとした。

レアンドルとの別れを考えて嫌な気持ちになるなど、自分で自分の気持ちがわからない。

期間限定で恋人同士になったのは、後腐れなく別れるためではないか。

「本当、自分勝手だわ……」

いろいろと自分の弱さに気づいてしまった。これはきちんと自分なりの答えを見つけるべきだが、レアンドルに確認せずに逃げてしまったことも悔やまれる。

――パティにも相手に確認しないとって言われたのに、いざ彼の姿を見たら逃げ出すなんて……。私どうしたんだろう。

情けなさや、いろんな感情がこみ上げてきた。これまでになにかを思いつめたことがないため、どうしていいのかわからなくなりそうだ。

こんな風に悩んで苦しくなるなんて、それはもうレアンドルへの気持ちが心の中で育っているからではないか。

――彼を好き、ってこと？

そうなのだろうか。はじめてのことでまだ確信は持てない。

目頭が熱い。視界がぼやけてきそうになるのをグッと堪え、腹の奥に力を込めた。

――わからない。でもちゃんと頭の中を整理してからレアンドルに会いに行こう。彼の気持ちを確認して、今後どうするかを二人で話し合わなくちゃ。

そうはっきり決めると、心が少しだけ軽くなった。

ひとりでうだうだ悩んでいても仕方ない。

思い込みで流す涙なんてごめんだ。

「って、もうこんな時間？　いけない、日が暮れちゃう。この辺で馬車を摑まえよう」

空が茜色に染まっている。

長時間この場所に立ち尽くしていたわけではないのに、時間の流れが速いようだ。

キアラがいつもひとりで出かけるのは日中のみと決めていた。日が暮れてからひとりで帰宅することはないし、夕暮れ時はきちんと馬車を使っている。

劇場付近でよく使用する馬車乗り場がある。

いつもと同じく、今日も同じ馬車を使用すればいい。

だが乗り場に向かう途中、キアラは見知らぬ男に声をかけられた。

「――もしもし、そこのお嬢さん」

「え……？」

自分のことかと思い振り返ろうとした瞬間、なにかをしみ込ませた布が鼻に押し付けられた。咄嗟に呼吸を止めるが、僅かに吸い込んでしまう。

――あ……っ！　しまった……！

甘ったるい香りが思考を奪っていく。

強烈な眩暈に襲われて、意識が急速に遠のいた。

◆◆◆

「……キアラが屋敷に帰っていない？」

その報せを聞いたのは、レアンドルの勤務が終わった直後のことだった。

「ああ、ロブによると、着替えと差し入れを持ってきた後、走って帰ったそうなんだが」

眉間に皺を寄せて渋い顔をしているのは、キアラの長兄であるサミュエルだ。レアンドルの勤務時間を割りだし、彼が帰宅する時間を狙って突撃をかけていた。

「なんでキアラをひとりで帰したんだ？」

次男のウィリアムが呆れたように嘆息し、三男を問い詰める。

「いや、無理だって！　キアラって俺たちの中で一番足が速いし！」

そう反論したのがキアラの最後の目撃者であるロバートだ。自責の念に駆られているのが彼の表情から伝わってくる。

鍛えすぎた筋肉が邪魔をして、キアラの兄たちは駿足とは言えない。だが逆に言えばキアラは令嬢らしからぬ脚力を持っている。

「一応ちゃんと注意はしたんだよ……最近年頃の若い女性が誘拐事件に巻き込まれてるって。だけどあいつ聞いていたかどうか……」

長男のサミュエルがレアンドルの肩を叩く。

「というわけで、これから第一騎士団で緊急会議が行われる。弟二人も身内ってことで特別参加するんだが、お前も参加するだろ？」

「ああ、当然だ。声をかけてくれて感謝する」

レアンドルはギュッとこぶしを握った。

まだキアラが誘拐されたとは限らないが、その可能性が高いことが許せない。

——何故急に走りだしたんだ。もしかしてなにかあったのか？

キアラが動揺することなど、十中八九ミカエル絡みではないか。もしや彼女はミカエラ王女がミカエルだと気づいて動転し、この場から逃げたのかもしれない。

——いや、待て。ミカエラは滅多に一人歩きをしない。

今日は彼女の付き添いで、レアンドルも城内を歩いていた。

騎士団の詰め所付近には近づいていないが、その場から自分たち二人の姿を目撃した可能性もあるのではないか。

第一騎士団の騎士と、騎士団長であるキアラの父とともに緊急会議に参加しながら、レアンドルは嫌な予感を抱いていた。

「これまで誘拐された被害者は三名だが、もしかしたら届けが出されていないだけでもっと多いかもしれない。この三名の共通点は全員金色の髪をしていることくらいだ」

サミュエルが事件の概要を説明する。

金髪の女性だけを狙った卑劣な誘拐事件に、同じ色を持つレアンドルも気分を害するが、今はキアラの無事を考えたい。

「キアラは薄茶色だぞ。金髪ではないが」

ウィリアムの発言にサミュエルも頷く。ここで誘拐の線が消えて、なにか別の事件に巻き込まれている可能性も浮上するだろう。

「だが、夕暮れで色がきちんと判別できず、金髪と間違えて攫（さら）われた可能性もゼロではない」

この場を取り仕切る騎士団長の発言に、皆が口を閉ざした。

「ロバート。彼女とはなにを話していたんだ？」

これまで沈黙を貫いてきたレアンドルがはじめて発言した。

「えっと……」

視線の多さと圧を感じたのか、ロバートはなかなか口を割らない。

「なんだよ、さっさと言え」

「そうだぞ、ロブ。兄さんたちが優しく聞いてやってるうちに吐け」

長男、次男からの追及を受けて、ロバートは言いにくそうにレアンドルに視線を向けた。

「レアンドルについて訊かれたんだよね……どこの隊に所属していて、どういう人柄なのかとか。急にそんなことを訊かれて俺も戸惑っちゃって」

「まさか余計なことは言ってないよな？」

サミュエルの問いかけに、ロバートは頷いた。

「俺の判断じゃ無理だって。適当に誤魔化していたら、どこかを見つめだして。その直後、帰る！　と言って走って去ってったんだよ」

一瞬見かけたなにか。

レアンドルは内心、やはりという気持ちが大きくなっていた。

「確認したいんだが、キアラの視力は……」

「すげえいいぞ」

「ああ、俺たちの中で一番だよな」

「あいつちっちゃい頃から〝兄さまたちのように剣も上手になりたい！〟って言って、ずっと鍛錬もしてたし。年頃になってから急にやめたけど」

三人の兄たちの発言の後に、昔を懐かしむように騎士団長がしみじみと呟く。

「女性初の騎士になれるんじゃないかと期待していたんだがな……あの子は息子たちを凌ぐほどいい素質を持っている。まあ、キアラなら他の令嬢とは違って、なにか起こっても自分でどうにかできる術はあるが」

キアラが逞しい令嬢だとしても、心配しないわけにはいかない。

――相手がどんなやつなのか、まだ決定的な手掛かりが見つかっていないなんてもどかしい。キアラの身になにかあったら……。

誘拐犯を殺さない程度に痛めつけるだけでは済まなくなりそうだ。

「とにかくだ。全員引き続き誘拐犯の特定を急ぐように。キアラが攫われたのは夕暮れ時となると、目撃者がいるはずだ。不審な人物や人さらいを見かけなかったか、急いであたるぞ」

騎士たちが次々と退室する。人海戦術で目撃者を捜し出すしかない。

「で、お前はどうするんだ？　レアンドル」

「サミュエル……当然キアラを捜し出すに決まっている。数日動けるように勤務時間を調整してくる。すぐに戻るから待っててくれ」

「おう」

近衛騎士の詰め所へ急ぐ。足速に歩きながらも、頭の中はキアラに対する気持ちでいっぱいだった。

――こんな事件が起きるなら、キアラの意思を尊重して自由になどさせなければよかった。

さっさと彼女を囲い込んで、自分の手が届く範囲に閉じ込めてしまえばよかったという気持ちがこみ上げてくる。

だがそれよりも、キアラに謝りたい。たくさん秘密を作って、彼女が大好きなミカエルが実はミカエラ王女で、自分は王女の近衛騎士だったのだと明かしたい。

きっと裏切られた気持ちになったのだろう。自分に嘘をたくさんついていて、信じられないと思って咄嗟に逃げたに違いない。

――騙すつもりはなかったんだ。ただ事実を打ち明けていないだけで。

訊かれていないから答えていないことがたくさんある。

その最たるものが、レアンドル自身のこと。

――次に会ったらこの腕で抱きしめて、そしてきちんと言おう。

キアラが結婚を承諾した婚約者は自分なのだと。

彼女は婚約者と期間限定の恋人ごっこをしているのだと。

きっと本当のことを知ったら、素直な彼女は戸惑いと怒りと驚きがないまぜになった表情を浮かべて、どうして早く言ってくれなかったのかと詰るだろう。

顔を真っ赤にして気持ちをぶつけてくるに違いない。

そんな表情を想像するだけで、レアンドルはたまらない気持ちになる。今すぐにでも駆け寄って、抱きしめて、キスをして……と欲求が止まらない。

もしも彼女がレアンドルを拒絶して、別れたいなどと言ったらどうしようか。

婚約を解消したいと言いだしたら、彼女と既成事実を作ってでも無理やり傍に置くかもしれない。

――ああ、本当に。キアラが関わると自分が自分じゃいられない。

嫌われたくなくて、丁寧に紳士的に接することしかできない臆病な自分。

そんな姿をサミュエルたちに見られたら笑いのネタにされそうだが、仕方がないではないか。

ずっと会いたくて抱きしめたいのを我慢して、一人前の騎士になって彼女が成人してから婚約を申し込むことを目標に生きてきたのだから。

キアラの身になにか起こったら、犯人にはこの世の地獄を徹底的に味わわせてやる。

暗く揺れる炎を瞳に閉じ込めて、レアンドルは決意を新たにしていた。

第六章

――んぅ……？　ここ、どこ……。

目が覚めると、キアラは見知らぬ部屋の寝台に寝かされていた。

頭がぼんやりしている。変な薬品を嗅がされたからだろうか。

窓から差し込む月明りを頼りに室内を見回した。キアラの私室より広い部屋は清潔に整えられており、調度品もしっかりしているように見える。

寝台のシーツも埃っぽさを感じない。

「……どこかの屋敷の一室……客室かしら？」

街中で具合が悪くなって倒れこんでいたから、屋敷に連れ帰り客室に寝かせていたのであれば善意からの行動だとわかるが。残念ながらキアラには倒れる直前の記憶があった。

――声をかけられたんだよね……振り返ろうとしたけど、鼻と口に布を当てられて気絶させられたから、顔は見ていないかも。

かろうじて男性の声だったことは覚えている。だが覚えのない声だったのは確かだ。

──すっごく考えたくないけど、まさか誘拐された？

咄嗟に自分の恰好を確認する。

三番目の兄と会ったときと同じ、上品な仕立てのワンピース姿だった。服に乱れはなく、また身体に触れられたような痕跡もなさそうでホッとする。

詰めていた息を吐きだし、手足に枷がないことも確認した。

──身体の自由は奪われていない。本当にただ寝かせられていただけ？

窓を確認するが、簡単には開かない仕組みになっていた。

屋敷の三階程度の高さなら、傍に木があれば脱出できそうだが、あいにく脱出の手助けになりそうな木はない。

──そもそも窓を開けられないんじゃ、窓から脱出は不可能か。大きな音を立てたくないし、窓を割るのは止めた方がいいわね。

寝台の傍に置かれていた靴を履き、いつでも出られるようにしておく。

幸い、頭もだんだんすっきりしてきた。吐き気や頭痛といった症状はなさそうだ。薬が抜けたのだろう。

部屋の外から誰かの足音が聞こえてきた。屋敷のメイドだろうか。

すぐに扉が叩かれる。

「お目覚めですか」

「あの……」

「具合はいかがですか。丸一日お眠りになっていましたが」

「具合は特に……って、え？　一日？」

メイドの発言に嘘は感じられなかった。

――私一日寝てたってこと？　じゃあ攫われたのは今日じゃなくて昨日!?

大変だ、今頃大騒ぎになっているかもしれない。

父と兄たちを巻き込んだ大事件に発展している可能性を考えて、居たたまれない気持ちになってきた。

「軽食をお持ちしたので、お腹が減っていましたら召し上がってください。隣の部屋は洗面所ですので、ご自由にどうぞ」

「あ、ご丁寧にどうも……」

「食べ終わった頃に戻ります」

メイドはテーブルにスープとサンドイッチに果実水を並べると、あっさり退室してしまった。てっきりひどいことをされるのかと思いきや、丁寧なおもてなしに首を傾げる。

「人って逞しいわ……意識していなかったのに、目の前に食べ物が並ぶと途端に空腹を感じるんだもの」

胃に優しそうなスープと具がたっぷり詰ったサンドイッチは、キアラの行きつけのカフェで出てくるような食事に似ていた。見るからにおいしそうだが、果たして図太く食べるべきか。

「……しまった、毒は入っていないか聞いておけばよかった」

きちんと答えるとも限らないが。

だがキアラを害したかったら、毒殺などという回りくどいやり方をせずにキアラが眠っている間にどうとでもなっただろう。

きっとこの屋敷の主人の目的は別にある。

そう判断し、恐る恐るスープに口をつけた。

「あ、おいしい。変な味もしないし、大丈夫そう」

サンドイッチも同じく、別段異常はなさそうだ。舌の痺れも感じない。

腹が減ってはなんとやら、と自分自身に言い聞かせて、キアラはぺろりとすべての食事を平らげた。

念のため果実水も慎重に飲んでみる。こちらも問題なくすっきりした味わいで飲みほしてしまった。

一日水分を摂っていなかったため、身体中にしみわたる気がする。

お腹が膨れるとなにも考えたくなくなるが、メイドが来るまでに質問を考えておかないといけない。

――まずは連れ去った理由。強引な方法で、これは誘拐罪だわ。

キアラの素性を知っているのか、たまたま通りかかって目に入ったから連れてきてしまったのか。前者ならキアラの問題だけではなさそうだ。

――貞操の危機は絶対に避けたいところ……もしものときは躊躇わずに一発股間を蹴りあげて……でも武器を持ってたらどうしようか。

キアラの護身用のナイフは取り上げられているようだ。太ももにベルトを付けて差し込んでいたのだが、ここに運んだときに気づいたのだろう。

キアラ自身が恨まれるようなことをしたのかと考えるが、よくわからないというのが本音だ。歌劇団を手伝い始めて、劇団の親衛隊から無自覚に嫉妬をされていたのであれば、キアラにとっては災難でしかない。

――でも私親衛隊に加入していないから、抜け駆けにはならないし……。ずるいって思われていたのであれば、確かにずるいと思うけど。

文句があるなら直接言いに来ればいいではないか。こんな姑息な真似をするなど、どれほどの労力を使っているのだろう。

あと考えられる理由は、レアンドル絡みだ。

彼に想いを寄せる女性か、もしくは彼の本当の恋人に恨まれて犯行に及んだのかもしれない。

――あ、ありえるかも……！　恋人と女性関係の恨み！

レアンドルの今の恋人か、もしくは昔の恋人か。

彼は別れたと思っていても相手はそうではなくて、一途にレアンドルに想いを寄せていたのに彼は見向きもしてくれなくて……という展開まで思い浮かんだ。

愛するあまり嫉妬の矛先が新しい恋人、もしくは彼に一番近い女性へ向けられることも考えられなくはない。

キアラにとっては未知の感覚だが、よく恋は盲目と表現されるではないか。

――恋心は人をおかしくさせるんだっけ？　そう考えると怖いんだけど……。

あのメイドが実はレアンドルの昔の恋人だろうか。お腹いっぱいにして油断をさせて、背後からナイフで一突き……ということにならないように、どうにか気を付けないと。

想像がどんどん飛躍する。

しばらくして、ふたたび扉がノックされた。

「お食事がお済みでしたら、主人の部屋まで案内します」

――主人？

この屋敷の主人はきっと、キアラを誘拐した首謀者だ。

もしかしてレアンドルの元恋人は未亡人だったりするのだろうか。

守備範囲が広すぎでは？　いや、彼なら老若男女問わず好かれてしまうのは当然のようにも思えるが。

そんなことをつらつら考えながら、キアラはメイドの後ろを歩く。

廊下には絨毯(じゅうたん)が敷かれており、いたるところに美術品が置かれていた。額縁に飾られている絵画は若い女性が多い。

――この屋敷の女主人か、それとも娘さん？　若い女性ばかり飾られている。

ただ申し訳ないが、趣味の範囲で描かれているのだろうと思えた。繊細な筆使いとは言いがたく、少々前衛的な描き方に思えて、キアラには良さがわからない。

いくつかの絵画や美術品を素通りし、ようやく主人の部屋に到着した。

「こちらです」

――着いた！　どうしよう、最初になにを言うべきだっけ？

手にじんわりと汗をかいている。なにも武器を持っていない状態で見知らぬ人と相対するのは恐ろしい。

だが、殺されはしないだろうと腹をくくった。

メイドが扉を叩き、入室の許可を得る。

先に入るように促されてしまい、キアラは緊張気味に足を踏み入れた。お腹の奥に力を込めて、屋敷の主人を捜す。

――って、え？　他にもいる？

てっきり主人ひとりでキアラを待ち構えていると思ったが、室内には数名の若い女性がゆったりと寛(くつろ)いでいた。

年頃は皆キアラと同年代に思える。十代後半から二十代前半までだろうか。

だが決定的に違うのは、彼女たちの髪の色が金色だったこと。薄い蜂蜜色から太陽のように明るい色までと、色合いは少々異なるが。

「やあ、いらっしゃい。具合はどうかね？　腹は満たされているだろうか。食事が口に合っていたらいいのだが」

ガウンを着て一人用の椅子に座っているのは、五十代半ば頃の男だ。

豊かな口ひげを綺麗に整え、甘さを感じる垂れた目尻から若かりし頃はさぞかし女性に苦労しなかったのだろうな、と思わされる。髪の色素は薄いが頭頂部はふさふさだ。もしかしたら予想より若く、四十代なのかもしれない。

「えっと、はじめまして……」

――名前は名乗らない方がいいわよね？　向こうが知っているならまだしも。

しかし相手はキアラの名を呼んでいない。そういえばメイドも特に名を聞いてこなかった。

本当にキアラを攫った誘拐犯……なのだろうか？　と疑問符が浮かぶ。

頭の片隅で違和感を覚えつつも、現状を把握するためにはこれまでの経緯を確認しなくては。

「体調も良好そうでよかった。薬が抜けるまで時間がかかると思ったが、もう問題ないだろうね」

「……薬、ですか」

やはりこの男が薬を嗅がせた犯人なのだろうか？

男は痛ましい眼差しでキアラを見つめてくる。

「ああ、そうだ。君は昨日の夕方、男たちに薬を嗅がされて馬車に引きずり込まれそうになっていてね、通りかかった私が咄嗟に声をかけて阻止したんだよ。だが君の身元がわかるものがなにもなかったので、ひとまず私の屋敷で休ませて体調を回復させようと思ったんだ」

「そうだったんですか、それはご丁寧にありがとうございました」

あなたは命の恩人です――と通常なら続くであろう言葉は飲み込んだ。男の真意が読み取れない。

――本当に通りかかった別人？　この人が薬を嗅がせたんじゃ？

偶然犯行現場を見かけるなんて都合のいいことが起こるだろうか。

馬車乗り場の人通りはそれなりにあるはずだ。だが昨日の夕暮れ時がどうだったかは覚えていない。

「それで、その私を攫おうとしていた男たちはどうなったのでしょうか」

「ああ、残念ながらすぐに逃げてしまって、追えなかったんだ。だが安心していい、この件はきちんと騎士団に報告する。君が目覚めてから事情聴取を受けることになるだろうと思い、まだ報告はできていないが」

――まだしていないんかい！

怪しさが増した。

通常なにかの事件に遭遇したら、すぐに通報するものではないか。

初動捜査が遅れれば遅れるほど、犯人確保も難しくなる。それは市井に住む一般人でもわかるはずだが……。

――いや、啓発活動がされていなければ意識が低くても仕方ないのかも？　私の考えがお父様たちの教育のたまものという可能性もあるものね……どうなのかしら。

だがこれは父と兄たちに報告しなくては。市民の意識をもう少し向上させるために、なんらかの対策を取る必要があると。

「なにか困った事件に巻き込まれているのなら、私も微力ながら協力しよう。なに、これもなにかの縁だ。遠慮しなくていい」

「そんな、介抱していただけただけで感謝しております。正直なところ、連れ去られそうになるような原因に心当たりはなくて……無差別的な誘拐犯だったら恐ろしいですわ」

そう言いつつ、心当たりはなくはない。

――すっごくこじつけ感があるけれど、私に恨みを持ちそうな男たちって、ひったくり犯くらいかしら……逆恨みならありえなくはないかも。

ひったくり犯の仲間が起こした連れ去り事件という考え方もできるが、それも今さらではないか。ひったくり事件から時間が経っている。

今までひとりで出歩いていたのに、何故今日に限ってそんな犯行に及んだのかという疑問が残る。

やはりこの男が十中八九犯人だろう。

発言に気を付けながら、男の真意を探ることにした。

キアラを誘拐したのは目的があるからに違いないし、先ほどからこの場にいる女性たちも気になる。

「それで……あの、他の女性たちはあなたのお嬢様ですか？」

ややぶしつけな発言になってしまったが、婉曲な聞き方がわからない。

この場にいる女性たちの顔立ちはあまり似ていない。皆それぞれ系統が異なる美しさを持っているが、一体どのような関係なのだろう。

「いや、私の娘ではないが、娘のように大切に思っている私の協力者たちだよ」

――ん？

なんだか穏やかではなさそうな発言だ。

五名ほどの女性たちを娘のように思っている協力者とは、少々いかがわしい臭いがする。

女性たちはそれぞれ名前を名乗った。

「アニーよ」

「私はケイト」

「ヴィッキー」

「エリーナ」

「サマンサ、サミーって呼んで」

この流れでいくと、キアラも名を名乗らなければならない。

「はじめまして、私は……パトリシア。パティよ」

咄嗟に侍女の名前を借りた。

――ごめん、パティ。ちょっと名前を拝借するわ。

男から身元がわからなかったと聞いた。

ならばキアラが伯爵令嬢だとは知らないはずだ。

――うちの家名を知ったら、全員騎士団に所属している筋肉男たちって思われそうだもの。まずいわ、相手がどんな行動をとるかわからなくなる。

なにもわからない、知らない無垢な少女。それを演じるしかないだろう。余計な憶測を立てられてキアラの立場が悪くなるようにはなりたくない。

「それで、協力者というのは？　皆さんなにをしているの？」

これから好奇心旺盛な少女を演じてみる。情報は少しでもあった方がいい。

――白薔薇歌劇団の雑用係としての意地と根性で！　少しは演技力も身に着いているって思いたい……！

キアラは女性たちと視線を合わせた。

彼女たちは皆怯(おび)えた様子も、身体に傷があるわけでもなく、ゆったり寛いでお茶を楽しんでいる。

「私たちはモデルなの」

「数年前にお亡くなりになった旦那様のお嬢様の代わりよ」

「モデル……？」

口元が少々引きつりそうになるのを堪えて、キアラは小首を傾げた。

「ああ、そうなんだ。彼女たちは私の娘、ジュリアナの代役としてこの屋敷に滞在してもらっている。私は亡き娘に似たビスクドールを作りたくてね、モデルをお願いしているんだよ」

キアラの腕に鳥肌がたった。うっすら不気味な気持ちになる。

一見和やかに見えるお茶会なのに、異様さに包まれているのは気のせいではない。

――なんか気持ち悪い……というか、モデルって言っても髪色しか共通点がないじゃない。……あ、違った！　髪色と胸だわ！　え、気持ち悪い！

全員の共通点。それは色合いの差はあれど金色の髪を持っていることと、胸元が豊かであることだ。

皆装飾の少ないワンピースだったり、ブラウスとスカート姿だが、服の上からでも豊満な胸であることが伝わってくる。

――も、もしかして……。

ロブがキアラに告げていた、ここ最近起こっている誘拐事件。

その首謀者がこの屋敷の主人なのではないか。

――亡くなった娘さんに似たビスクドールを作りたくて若い女性を屋敷に連れ込み、モデルという名の協力者になってもらっている？　その見返りはなんなの？

まさか無料でモデルになるはずはないだろう。

衣食住の面倒と、多少の代金が支払われているのだろうが、きちんと正規の手続きをしていれば誘拐事件にまで発展しない。

「すごいわ、ビスクドール作りなんて素敵！　お嬢様もきっと天国で喜んでいますね」

「ありがとう、私もそう思っているよ。十歳で亡くなったあの子が大きくなっていたら、きっと彼女たちのようになっていると思ってね」

近くに座っているアニーの頬を指先でなぞっている。アニーの表情からは嫌悪感は読み取れないが、漂う空気はやはり異様だ。

――いやいや、亡くなったお嬢さんが喜ぶなんて思えないわよ。自分以外の女性を身代わりにして成長を喜ぶ父親ってどうなのよ?

自分のことにして置き換えると、頭が痛くなりそうだ。

もしも父と兄たちが、キアラの色を纏ったどこの家の少女ともわからない娘を攫うようにして屋敷に招き、あれこれもてなして娘のモデルになってほしいと懇願していたら……想像だけで吐き気がする。

――私が生きていたら絶対全員引っぱたいてるわ。いや、生きてるんだけど。

独りよがりの考え方だと思いつつ、この男の精神が蝕まれている可能性もある。

もし悲しみのあまり精神がおかしくなっているのだとしたら、このような考えを正常だと思い込むだろうし、娘の身代わりがいることで精神の安定を得ようとしているのかもしれない。

だが、やはり気になるのは全員の胸が豊満だということ。

――ダメだ、やっぱり単なる変態スケベオヤジとしか思えない……!

今までの受け答えは十分できていた。目の奥にどろりとした不快な感情は籠もっていないし、目の焦点もあっている。

精神に疾患があるようには、素人目には思えない。

胸が豊かな若い女性たちの同情を誘い、彼の性癖を満たしているようにしか思えなくなってきた。

――やっぱりひったくり犯の仲間に攫われそうになったんじゃなくて、本当にこの男か、使用人に誘拐されたのでは？　髪色を金髪に見間違えて、ついでに胸も足りなかったから審査基準を満たさず失格になったってこと？

まだキアラの思い込みの範囲だが、たどり着いた結論に戦慄きそうになる。

屋敷の主人が自らの手で誘拐をしたとは考えにくい。恐らく彼に雇われている使用人がキアラを誘拐したのだろう。

そして夕暮れ時では正しい色を判別できなかった可能性は高い。薄茶色の髪は、光の反射次第で金色に見えなくもない。

昏倒させてしまった手前、その場に置き去るわけにもいかず、仕方ないから屋敷で介抱していた。目が覚めたら帰ってもらおうと思っていることがありありと伝わって来た。

――なんだろう、審査に落ちてよかったのに、すっごく腹が立つ。

思い込みで腹を立てるのはよろしくないと理性が訴えつつも、キアラにはその考えしか思い当たらなかった。

意地で満面の笑みを作り、無邪気な少女を装いながら問いかける。

「私ビスクドールなんて見たことないわ！　ぜひ見てみたい！　きっと今にも動きだしそうなほど精巧で素敵なんでしょうね」

「ほう、興味があるかね？　だが彼女たちのドールはまだ製作途中で、完成していないのがほとんどなのだよ。今あるのは別の数体のみでね」

男の声に抑揚がついた。多少褒められてうれしいようだ。

――別の数体って、じゃあ一体何人の女性をモデルにしていたのよ⁉

確かに今日明日で出来上がるものではないだろう。少なくとも数か月単位で完成するに違いない。

となれば、数か月間この屋敷に滞在させられていた女性たちが存在するはずだ。これまで誘拐事件が発生しても、行方不明者の届けが出されていなかったのかもしれない。

――今さらだけど……ドールのモデルってきっと裸……よね？

服を着たまま正確な寸法を取れるとは思えない。ドレスの採寸とはわけが違う。

ではこの女性たちは、裸体を変態オヤジに晒したのだろうか……もしこの男がドールにしか欲情できない性癖の持ち主であれば、生身の彼女たちは無事だと思うが。

そんなことまで考えが飛躍する。キアラの全身がもう鳥肌だらけだ。

人の性癖に難癖をつけるつもりはないが、犯罪はダメだ。誰かを傷つける行為も。

互いの心が満たされることを愛する人と行うべきだ。そんな結論が頭をよぎる。

「旦那様、パティも新しい仲間にされるの？」

「新しい仲間が増えるのはうれしいわ」

「パティも一緒に住みましょう？　ここはとても居心地がいいところよ。ごはんもおいしくて、清潔で、ゆっくり眠れて湯浴みもできる」

「ええ、それにその間の生活は全部旦那様が面倒をみてくれるし、モデルをしたら代金ももらえるわ。今までの子たちはそのお金を当面の資金にして暮らしているのよ」

女性たちがニコニコと笑いながらキアラを勧誘する。

なにかの薬でも飲まされているのではないかと思いそうになるほど、男には感謝が向けられていて好意的だ。

──違う、ひょっとして彼女たちは自分の意思でここに留まっている……？　本当の暮らしの方が辛いから？

上質な服を着させてもらい、おいしい食事と清潔な部屋を与えられて、毎日湯浴みもできる。そのような理想的な暮らしが送れていなかったのではないか。

もしそうであれば、断然今の方がいいと考えてもおかしくはない。

キアラの胸の奥がズキッと痛む。この痛みは同情なのかなんなのかはわからない。

嫌悪感を抱きそうな相手も、彼女たちにとっては救いの手なのかもしれない。見方を変えれば簡単に断罪することもできなさそうだ。

――価値観の違いってやつで片付けるのは難しいけど、でも私が正しいなんて思っちゃダメだわ。

正しさなんてひとつの物差しで測れるものではない。

だが、この男が犯罪まがいのことをしているのは違いない。

現に騎士団が誘拐事件を追っているのであれば、きちんとした事情聴取を受ける必要がある。

「せっかくのお誘いだけど両親が心配していると思うから、ごめんなさい。これで失礼させていただきます。お礼は後日……」

前半は誘ってくれた彼女たちへ、後半は屋敷の主人へ告げた。

男がキアラを誘ってこなかったあたり、やはり自分は審査に落ちたのだなと確信する。

「ああ、そうだな。残念だが、ご両親を悲しませることはよろしくない。パティを自宅へ送ることにしよう」

部屋の片隅で待機していたメイドに馬車の手配をするよう指示を出した。

その直後、急に屋敷内が騒がしくなった。

数人の足音が近づいてくる。

――この気配……騎士団だわ！

やはり父と兄たちが、キアラがなんらかの事件に巻き込まれたと気づいてくれたのだ。

丸一日も連絡なしに屋敷に帰ってこないとなれば、騒ぎにならないはずがない。

「っ！　なんだ、なにごとだ！」

男が立ち上がった。

顔色ひとつ変えなかったメイドが慌てて扉を開けて外を窺おうとする。

が、外側から扉が勢いよく開かれた。

「キアラ……！」

「――ッ！」

真っ先に入って来たのは、レアンドルだ。

いつも丁寧な口調で話し、キアラのこともキアラさんと呼ぶのに、こうして呼び捨てにされるだけで胸の鼓動が激しく高鳴った。

「レ、レアンドル……」

彼の姿を見るだけで、一瞬で脱力しそうになる。

まさかレアンドルが来てくれるとは思わなかった。

キアラの心を占めるのは安堵感。そして、また会えてうれしいという喜びだ。

彼の元恋人に攫われた可能性も考えていたのに、レアンドルと別れたいとは決して思わなかった。別れるより彼のことをまだまだ知りたいし、彼の口から真実が聞きたかったから。

「キアラ……」

レアンドルの視線がキアラに向けられる。偽名を使っていただけに、その場にいた女性たちからは困惑した囁きが伝わって来た。

「なんだ、貴様は。私の屋敷に不法侵入など」

男がレアンドルを睨みつけるが、その表情はすぐに崩れた。レアンドルの美貌を目の当たりにし、呆けたように口を開いている。

「不法侵入？　誘拐事件の首謀者がなにを言う」

キアラを庇うように背後に隠し、レアンドルがいつになく冷たい声で言い放った。

――こんな声と口調もできるんだ……。

いつも紳士的に接してくれているため、キアラの胸の高鳴りが止まらない。

これはなんという現象だったか。通常とは違う側面を見せられたときに感じる高揚感……適切な言葉を誰か作ってほしい。

「誘拐事件？　なんのことだ。私は彼女たちを攫ったわけではない。彼女たちに協力を依頼し報酬を与えている。皆自分の意思でこの場にいるし、強要をしたわけではない」

男の発言に、女性たちがおずおずと頷く。レアンドルの背後からキアラもそっと様子を窺っていた。

「私たちは旦那様の亡きお嬢様のモデルをしているだけで……」

「ええ、そうです。なにもやましいことはしていません。お嬢様に似たビスクドール作りに協力しているだけです」

「衣食住の面倒も見てもらえて助かっているんです」

先ほどキアラが聞いたのと同じ発言を繰り返している。

彼女たちは本当に脅されてこの場に留まっているわけではなさそうだった。

「なるほど？　誘拐ではなく家出した女性たちを匿っていたというわけか。まあ、どちらでも構わない。事情は後でたっぷり聞き出そう」

上位貴族特有の貫禄を感じ、キアラは思わずレアンドルの横顔を見上げた。

この人は、人に命じ慣れている立場の人間だと気づいた。

――そうだわ。近衛騎士団に所属しているとなれば、伯爵位以上の家柄よね……？　もしかして部下もいるとなると……それなりの地位の人だったり？

そもそも近衛騎士はエリート中のエリート騎士だ。単純に家柄重視で選ばれるわけではない。

家柄ももちろん重要な要素だが、一番は本人の騎士としての実力と教養。近衛騎士を輩出する家というのは代々決まっている。

キアラの伯爵家にも近衛騎士になった人間が数名いるが、キアラの兄たちは皆筋肉ゴリラで荒っぽい業務を好むため、王族警護が主な仕事の近衛騎士の道は選ばなかった。

――だから昨今の近衛騎士の実態が掴めないのよね。騎士団の中でもちょっと特殊だし。騎士団長である父に訊けば教えてくれるはずだが、所属が違えば横の繋がりも変わってくる。あまり詳細はわからないかもしれない。

レアンドルには、キアラが知らない一面がたくさんありそうだ。

そういえば期間限定でもいいから交際してほしいという突拍子のない発言も、きちんとした理由を確認できていない。

レアンドルと過ごす日々が楽しくて、キアラは先のことを考えないようにしていたが、情が育てば育つほど別れの日を考えると辛くなる。

――嫌だな、別れたくない……。

こうして真っ先に助けに来て安心感を与えてくれた人と離れなくてはいけないなんて。どうして軽率に名前も知らない相手との縁談を受け入れてもいいなんて思っていたのだろう。

じわりとした涙が浮かびそうになるのを堪えていると、屋敷の主人がキアラを助けたのも自分だと主張しだした。

「それに、君たちが来る前に彼女を家に帰そうとしていた。彼女は金髪じゃないから、私の娘のモデルにはなり得ない」

男の視線が、レアンドルの背後からそっと顔を出しているキアラとぶつかった。その視線がスッと胸元に下げられたことに気づき、キアラはムッとする。

――今無言で、「それに胸が足りない」って言われた気がしたわ！　この巨乳好きの変態オヤジめ！

先ほどまでレアンドルとの別れに胸を痛めていた切なさはどこへやら。

今は苛立ち(いらだ)ちと腹立たしさがふつふつと腹の奥で踊っている。

すると、目の前の壁が動いた。

彼は一歩前に進み、全員に見せつけるように白い騎士服の襟元を寛げだす。

「そんなに金髪が好きなら、私をモデルにしたらいいだろう」

「え？」

――え？

戸惑う呟きは誰が先だったのか。

男と女性たちに見つめられながら、レアンドルが騎士服を脱ぎ始めた。

白いジャケットがラグの上に落ちて、クラバットも落とされる。次々と付随していた小物も落ちてくる。

――え、え⁉

こんなぞんざいに近衛騎士の制服を扱うなんてもったいない！　という気持ちと、一体なにをしでかすつもりだという焦りが混ざり合い、混乱をきたしていた。

だがそんな大多数の気持ちを無視し、レアンドルがスルスルと服を脱ぎ続ける。

「お、おお……」

生唾を飲んだのは誰だ。

感極まった声まで聞こえてきた。

あろうことか女性たちだけでなく、屋敷の主人まで目を輝かせている。

──一体なにが起こって……って、待って待って、どこまで脱ぐつもり!?

レアンドルが恥ずかし気もなく最後の一枚であるシャツを脱いだ。

「ほわぁ……」

感嘆とした声が室内に響いた。

無駄な肉が一切ない、鍛えられた肉体。

綺麗についた筋肉は硬そうというよりしなやかなバネのようで、鍛えられた背中が惚れ惚れとするほど美しい。

キアラには背中しか見えないが、きっと腹筋もしっかり割れているのだろう。

美しいのは顔だけでなく、身体まで完璧となればまさに美の権化だ。

これならお金を払ってでも、著名な芸術家がレアンドルをモデルにして彫像や絵画を作成したがるはず。

──って、私まで見惚れてた!

キアラは床に落とされた服を拾い上げた。呆けている場合ではない。

だが、ベルトを外そうとする音を拾い、心の中で悲鳴を上げた。

「ま、待って！」

——本当に、どこまで脱ぐつもり⁉

これ以上は心臓がもちそうにない。

彼の正面に回り、脱いだ服一式を押し付ける。

今度はキアラがレアンドルを背後に庇い、両手を広げて全員の視線を遮った。

「どうして、そんなに自分を安売りしようとするんですか！」

「キアラさ……」

「わ、私だって見てないのに……！　変態巨乳好きに見せるくらいなら私に先に見せてください！　他の誰にも見せないで！」

——……あ、あれ⁉

自分はなにを口走っているのだろう。

今ものすごく、余計な願望を口にしてしまった気がする。

キアラの顔にじわじわと熱が集まりだした。少し前までは全身に鳥肌が立っていたのに、今は熱くてたまらない。

背後を振り返れない。

女性たちの好奇心丸出しの目も直視できなければ、屋敷の主人の「邪魔だ、退け」という睨みも受け止めたくはない。

「ああ、なんて幸せなんだろう……」

後ろからうっとりとした声が落ちてくる。この声はキアラが知っているレアンドルの声だ。

「早く服を着て、じゃないと振り向けません」

「ええ、あなたの命令なら」

室内に漂っていた異様な空気が僅かに薄れていく。

もう少し見たかったという落胆の空気を感じつつも、これ以上レアンドルの裸を見せられてはたまらない。

彼がどこまで脱ぐつもりだったのかはわからないが、キアラが止めなければ惜しげもなく全部見せていたかもしれない。

——は、破廉恥だわ……！

男性の上半身は、筋肉作りが好きな兄たちのおかげで見慣れている。

だが、兄たちの肌を見てもなんとも思わないどころか、「そんな筋肉まで動くの？」と若干引き気味だったのに、レアンドルの背中は実に美しかった。

剣を扱う騎士特有の筋肉の付き方をしていた。だからと言ってむさくるしさはない。

彼の背中は美しくしなやかで、理想的な背中と言えそうだ。

これは画家ではなくても、すべての芸術家がお手本にしたいと言いだすほどだろう。レアンドルの美貌と相まって、彼をモデルにと依頼が殺到したらどうしよう。

――そんなことが起こったら、私が盾になって全部断りたい。

過激な白薔薇歌劇団のファンから劇団員を守るように、キアラもレアンドルを守らなければ。

そのためには、年頃になってから敬遠していた剣の稽古も再開し、可憐な令嬢らしからぬ逞しい令嬢を目指してもいいかもしれない。

――ああ、私って本当に馬鹿。別れることが決まってるのに、そんな風に思いたくなるほどレアンドルを好きになっていたなんて……。

もうこの気持ちは恋心で間違いないだろう。

好きを自覚すると、気持ちがどんどん加速してしまう。

彼を知りたいと思う心に歯止めが利かない。

最初は若干の好意だけだった気持ちも、今では誤魔化しきれないほど育ってしまった。

レアンドルの大事な女性が自分だけではないと知ると悲しくなるし、彼の元恋人に攫われたかもしれないと思えば諦めてもらうように徹底的に戦おうと思っていた。変態に狙われそうな彼を守りたいとも思ってしまう。

最後の感情は少々乙女心とは違うかもしれないが、大切な人を守りたい気持ちは女性にだってあるのだ。

それが荒事で解決するのか、巧みな話術や交渉術で解決するのかは人それぞれだが、キアラの場合は身体を動かすことが特技なだけである。

「そっちは無事かー？」

「サム兄さま……！」

屋敷を制圧したのであろう。長男のサムが現れた。

「ん？　なんで服を着直してるんだ？」

ちょうどレアンドルの着替えが終わったと同時に現れて訝しんだ。

その説明をこの場でするのは憚られるため、キアラはそっと視線を逸らす。

「ちょうどいいところに来たな、サミュエル」

「は？　今どういう状況だ？」

「そこにいる男がキアラを誘拐した主犯の男だ。俺たちが推測していたように、間違って誘拐したらしい。この場にいる女性たちは望んで協力しているようだが、きちんと事情聴取をした方がいいな」

近衛騎士の制服を着直したレアンドルに、屋敷の主人は残念そうな、あわよくばもう一度という願望が透けて見える視線をぶつけてくる。

キアラがそっと視線を遮ると、今にも舌打ちしてきそうに睨まれた。すっかり取り繕うことを止めたらしい。

「この屋敷はアッシュベルト商会のものだったな。この男が三代目か。誘拐事件で実害がないにせよ、これだけの騒動になっている。ましてやうちの伯爵家の末娘を間違えて攫うとは……あんたは随分運が悪いな」

「伯爵令嬢だと？」

男の目が驚きに見開かれた。本当にキアラの素性には気づいていなかったらしい。

貴族令嬢らしからぬキアラにも問題があるとはいえ、夕方に堂々と女性に薬を嗅がせる大胆不敵な行為には、ぜひとも相応の処罰を与えてほしい。

――同情なんてしないけど。でも、身代金目的じゃなかったことも、貞操の危機でもなかったことには安堵しかないわね……。

自分の身が自分で守れるのは、意識があるときだけだ。

薬で昏倒させられてしまえば、いくら逃げ足が速くて剣を振れても、どうしようもなくなってしまう。

ちらりとレアンドルを見上げると、彼の眉間に皺が寄っている。いつもは柔和な微笑を見せてくるのに、今日はキアラが知らない一面をたくさん見られた。

サムと話しているときの口調が砕けているのも新鮮だ。いつになく粗野な印象にキアラの胸がずっと高鳴っている。

「というわけで、後は頼んだぞ」

「……ったく、しょうがない。キアラを泣かせんなよ」

——あれ、今さらだけどこの二人は知り合いなの？　随分親し気ね……。

近衛騎士団と一般の騎士団に繋がりはなさそうなのに、どういうことだろうか。どこかで知り合っていたのだろうか。

キアラが困惑していると、身体の重心がぐらりと揺れた。

「きゃ……！」

「うん、危ないから摑まってて。首に腕を回してくれたらうれしいな」

「ええ⁉」

至近距離にレアンドルの顔がある。それだけで心臓に悪いのに、どうやら身体を横抱きにされているらしい。

「私重いから！　筋肉で重みがあるから！」

「大丈夫、キアラを抱き上げられないほど柔な鍛え方はしてないよ」

「ったりめーだろう。こいつひとり運べない男に妹はやらねーよ」

サムが早く行けとばかりに手を振った。

その言葉の意味を深く理解する前に、レアンドルが屋敷の外へキアラを運ぶ。

「お、下ろして……！」

「だーめ」

そんな攻防をキアラの二人の兄、ウィルとロブにまで見られたのを知り、悶絶したい気持ちになった。

キアラがようやく下ろされたのは馬車の中だった。

「あの、どこに連れて行くつもり？」

「到着まで秘密かな」

「えっと、私の屋敷ではないのかしら……」

「そうだね、残念ながらあなたのご実家には帰さない。……いや、帰したくない」

キアラの手を取り、レアンドルがギュッと握る。

そのまま彼の口元へ運ばれ、指先にチュッとキスを落とされた。

「……っ！」

「可愛い恋人にあんな熱烈なおねだりをされてしまったら、頑張って応えないといけないだろう？　ここで弱腰になったら男が廃る」

——す、廃るかなぁ～？

顔の熱がどんどん上がっていく。

レアンドルが放つ色香を吸い込んでしまい、クラクラと眩暈がしそうだ。

「おねだりなんて、したつもりじゃ……」

「そう？　だとしても受け取り側の解釈はそうだから諦めて。キアラに裸を見せると思うと少々照れるが、あなたの期待通りにできるよう頑張るよ」

——なにをどう頑張るの……！

なにも頑張らなくていい。

キアラは自分がうっかり言ってしまった発言を後悔するが、もう遅いようだ。

上機嫌な笑顔でレアンドルがキアラを見つめてくる。

だがふと彼の瞳が切な気に揺れた。

「怖い思いをしたら、私が怖さを上塗りしたい。あなたが無事でよかった」

きっと心配をかけたのだろう。

レアンドルだけではなく、家族全員にも。

いくらキアラが普通の令嬢らしからぬ度胸の持ち主で逞しいとわかっていても、丸腰であれば戦うことは難しい。

「……遅くなったけど、助けに来てくれてありがとう。レアンドルが真っ先に現れてくれて、私泣きそうになるほどうれしかった」

「キアラ……私も、あなたの無事が確認できて本当によかった」

顔が近づいてくる。

吐息が感じられるほど至近距離で見つめられて、あと少しで唇が触れ合うその瞬間。
馬車が停まり、レアンドルが離れた。
「……いいところで停まるとは……。目的地に到着したようだ」
若干の嘆息を聞きながら、キアラの顔はすでに茹で上がりそうになっていた。
——キス、してほしかったとか、ちょっと残念かもとか……！
思ってしまったことが恥ずかしい。
だが、レアンドルも同じ気持ちだったことがキアラの胸の奥を甘くくすぐった。

第七章

キアラとレアンドルを乗せた馬車が停まったのは、多くの貴族が屋敷を構える王都の南区だった。

アランブール伯爵邸からさほど遠くない場所だが、通りが違うためキアラは滅多に近づいたことがなかった。

貴族の屋敷の中でも敷地面積が広く、ひと際目を引く豪華な屋敷だ。キアラはしばし唖然とする。

「え、ここ……？　レアンドルの屋敷？」

どこに向かうのだろうとは思っていたが、まさか王都の中でも一番と言っていいほど歴史も古く別格な屋敷に連れ込まれるとは思わず、尻込みしそうになる。

――確かここって、グレイユール公爵邸では……？

キアラに面識はないが、名前だけは知っている。

なにせ現国王の王弟殿下の屋敷なのだから。

「まあ、そうだね。普段は王城に一室をもらって住んでいるから、滅多に近寄らないけど」

突然帰って来たことに屋敷の中が慌ただしい。

家令と思われる初老の男性は、ニコニコと笑顔でレアンドルとキアラを出迎えた。

「お帰りなさいませ、レアンドル様。予定より早くお連れのお嬢様をご紹介いただけて、屋敷中大騒ぎですぞ」

「活気が出たようでなによりだ。しばらく人払いをするから部屋には近づかないように」

「かしこまりました。キアラ様、ご実家のようにごゆるりとお寛ぎください」

「え？　あ、はい……ありがとうございます」

──あれ、なんで私の名前？

レアンドルがなにか話していたのだろうか。

だが期間限定で交際している女性の名前など、いちいち屋敷の者に伝えるとは思えない。

それともキアラが知らないだけで、王族の血縁である公爵一家ともなれば、一時でも付き合いのある交際相手の素性は知らせるものなのか。

内心首をひねっていると、あっという間にレアンドルの私室へ案内された。

「さあ、入って」

腰に手を回されて入室する。

彼の煌びやかな外見とは違い、レアンドルの私室は必要最低限の家具が配置されたシンプルな部屋だった。

きちんと空気が入れ替えられているのだろう。突然帰ってきたにも拘らず、塵や埃も一切感じない。

「お邪魔します……」

長椅子に座ろうとする直前、キアラの腰に腕が回った。

「ひゃ……っ！」

「私の膝に乗って」

ひょいっと身体を浮かせられて、横向きにレアンドルの膝に乗せられた。

彼の体温がすぐ近くで感じられる。身体から力を抜けば、レアンドルにもたれかかってしまいそうだ。

「近いわ……！」

「そうだね。でもようやく二人きりになれたんだ。このくらいの近さは受け入れて」

耳元で喋られると、彼の声が直接鼓膜に響いてくる。

何故か身体がぞくぞくするのは、レアンドルの声に過剰な色香が混じっているからだろうか。

――この距離は慣れないのに離れがたいかも……。

互いの心音すら聞こえそうで、どことなく落ち着く。

彼の体温を直に感じられたらどれだけ安心するだろう……。

そう考えてハッとした。今とても破廉恥な気分になっていた。

「それで、キアラは私に訊きたいことがあるだろう？　気になっていることはなんでも訊いてほしい」

「……っ！」

キアラの背筋がピンと伸びた。寛いでる場合ではなかった。

――訊きたいこと……たくさんありすぎてどれから確認したらいいのやら。

ここまで来てなにも確認せずに帰ることはしたくない。キアラはこの数日ずっと考えていた彼の本当の恋人について尋ねることにした。

「レアンドルには、他に恋人はいるの？」

「あなたの他に？　まさか、いるはずがない」

「劇団で、歌姫のひとりと交際しているという噂があるのを聞いたわ。夜会に歌姫を連れていたとも。だからもしかして本命との交際のカモフラージュで私と期間限定の恋人ごっこをしているのかもと思って」

「それはまったくの誤解だ。確かに以前、夜会で歌姫と挨拶はしたが、エスコートはしていない。それに歌姫どころか、私にあなた以外の女性との交際経験はない」

――え、その顔で？

誰とも女性と付き合ったことがないというのは、仕事が忙しくて女性とのご縁がなかったということだろうか。

……いや、三人の兄たちの言い訳と、色男の交際経験が皆無なことは同列ではないだろう。レアンドルは黙っていても女性が寄ってくる種類の男だ。

思わずまじまじとレアンドルの顔を見つめてしまう。すると彼の顔が見る見る赤く染まっていった。

「あまり可愛い顔で凝視されると照れるんだが……」

「え？　いや、ちょっとそれはよくわからないけど、交際経験がない？　本当に？　じゃあ私があなたの別れた彼女と遭遇してひと悶着が起こるようなことも、別れたと思っていたのはあなただけで相手の女性は未練を残していて付きまとわれることも、誘拐されて別れさせられることもないってこと？」

「待った、そんなことを考えていたのか？　そんな存在はいないからな。架空の敵と戦う必要はないから安心してほしい」

レアンドルが慌てて否定した。

だが交際していなかったとしても、勝手に秋波を送っていた女性が失恋のショックで暴挙に出る可能性もあるだろう。

モテる男と交際をするというのは、危険が付きまとうのかもしれない。

――でも、そんなの考えたってきりがないわよね。

現に今、キアラはホッとしている。

これまでレアンドルと恋人になれた女性がいないのであれば、自分だけが彼の恋人と名乗りを上げられるのだと。

だが、同時に心の奥に棘が刺さった。仮初の恋人に違いはないのだ。

「……じゃあ、レアンドルに好きな女性はいないの？」

彼の形のいい眉がぴくりと動いた。

「いるよ。ずっといる。目の前に」

優しく言いながら、レアンドルがキアラの頬をするりと撫でる。

「私が好きな女性はキアラだけだよ」

硬くて大きな手だ。キアラにとって馴染みの深い騎士の手で触れられると、胸の鼓動がトクトクと速まっていく。

「訊きたいことはそれだけかな。では、今度は私の番だ。キアラの本心を聞かせてほしい」

「……私の本心？」

「そう。これからどうしたいのか。私にどうしてほしい？」

そんな問いかけはずるい。

優しい言葉で甘やかされたら、つい縋りたくなってしまう。

――私、すごい我がままだ。

自分の欲を優先させて自由な時間をもらい、婚約者の名前を知りたくないと言ったのに今では知っておけばよかったと思っている。

そしたら相手と直談判をして、この婚約をなかったことにできたかもしれない。

――そしたらレアンドルともっと長くいられたかも……なんて、虫がよすぎるわ。

恋愛に縁がなければ恋心がなにかもわからなかったから、父親が持ってきた縁談を受け入れられた。

だけど、好きな人ができてしまった。もっと一緒にいたいと思える人と出会えたのだ。

この優しい手を手放したくない。そう思ってしまうことは我がままかもしれない。

「キアラ、聞かせて。あなたはどうしたい」

「……私、レアンドルの傍にいたい。期間限定の恋人だけど、顔も知らない婚約者がいるけれど、もっとあなたの傍にいたい……」

彼の目を見ていたら泣きそうになってしまう。キアラはレアンドルの肩に顔を押し付けた。

「一緒に公演を観に行きたいし、まだまだ知りたいことがたくさんあるのに……でも一度受けた縁談を断るなんて迷惑はかけられない。きっと傷は浅いうちに別れた方がいい……」

そっと背中を撫でられた。

ゆっくり顔を上げると、レアンドルの深い青の目と視線が交差する。

――あ、吸い込まれそう……。

彼の目は海色の青だ。

アランブール伯爵領がある南の海を思い出しそうになった瞬間、唇に柔らかな感触が押し当てられた。

唇が触れ合っただけで、胸の奥を柔らかな羽でくすぐられたような感覚になる。

心臓がドクドクと脈を打ち、顔に体温が集まり始めた。触れ合う熱が離れてしまうのが寂しい。

そっと額にまでキスをされて、キアラは反射的に目を瞑(つぶ)った。

これは甘やかされているのだろうか、それとも恋人同士の触れ合いなのだろうか。経験値が乏しくて判断ができない。

「そんな心配はいらない。私がキアラの婚約者だよ」

胸の奥が切な気に疼いた直後。予想外の台詞が脳に届いた。

「……え？　今なんて……」

「私がキアラに縁談を申し込んだ。正真正銘の本物の婚約者だ」

ぽかん、と口が開いてしまう。聞かされた言葉をうまく理解できない。

「え、え？　待って、どういうこと？　冗談でしょう？」

「まさか。こんなこと冗談で言うはずがない。キアラが成人を迎えた直後、アランブール伯爵に縁談を申し込んだんだ。断られたらどうしようって思っていたけれど、予想外にキアラは受け入れてくれた。……まあ、名前も素性も知らない相手の縁談を自由時間と交換条件に飲み込んでしまうのは、いかがなものかと思ったが。私以外の男との縁談でも了承していたということだろう？」

クイッと顎を持ちあげられて、咄嗟に視線を逸らす。

確かにそう言われてしまうと心苦しい。縁談相手にとって失礼だったかもしれない。

「それは……ごめんなさい」

「複雑な心境だったが、私を選んでくれたということは事実だ。これからもあなたの望み通り、ずっと一緒にいられるから安心していい」

――本当に？

レアンドルの目に嘘はなかった。

その途端、キアラの涙腺が崩壊する。

ずっと堪えていた感情がこみ上げてきたようだ。

「そんなに泣くほど私と一緒にいたいと思ってくれていたのか……」

彼が感極まったように呟いた。

ギュッと抱きしめてくれる力強さと温もりが、キアラの心を宥めてくれる。

「好きだよ。ずっとあなたのことだけを想っていた。いつか迎えに来るまで他の男のものにならなくてよかった」

「うう……っ」

ぽつぽつと落ちてくるレアンドルの言葉は、時間差でキアラの心にしみていく。

涙を流しきった頃、ようやく違和感をはっきり理解した。

「……つまりレアンドルは、最初から私のことをわかってて近づいてきたの⁉」

感情の起伏が激しい。うれしさの次に怒りがこみ上げてくるなど、自分でもどうかしていると思う。

だが、絶対にこの男は秘密をたくさん隠し持っているのだ。キアラはきちんと、婚約者がいるから期間限定でしか交際できないことも告げていたのに。

——馬鹿正直だったのは私だけってことじゃない！

顔を赤くしながら涙目で怒りだすキアラを見て、レアンドルはうっとりとした微笑を浮かべる。

長年の片想いをこじらせていた男は、キアラの泣き顔も怒り顔も可愛くてたまらない。

「うん、ごめん。キアラが婚約者の名前を知りたくないと言ってたのも知ってるから家名は名乗っていないし、でもこんなに愛らしいあなたを自由にさせていたら他の男がちょっかいをかけてくるだろうから心配で」

「十八年間生きてきて、ちょっかいをかけてきた男なんていないわよ」

恋愛的な意味では悲しいほどご縁がなかった。

顔立ちは母親に似て悪くないと思うのに、やはり少し胸のふくらみが足りないからか。

「それはサムたちがキアラを守ってきたから。彼ら三人を倒せる男しか、あなたを奪えないからな」

——そういえば兄さまたちはそんなことを言っていたかも……。

俺たちより強い男しか認めないなどと、とても迷惑な発言をしていた気がする。

それは妹想いと思えばうれしいことかもしれないが、恋がしたい年頃の少女にとっては邪魔でしかない。

もしかして今までキアラが鈍かっただけで、キアラをいいなと思ってくれていた男性はいたのだろうか。

「あのゴリラたち……妹の恋路を邪魔してきたのね」

「怒らないであげて。結果として私と出会えて結ばれたのだから、サムたちには感謝しているんだ。余計な虫を追い払ってくれたからね」

先ほどから言葉の端々に、レアンドルはキアラと昔からの知り合いのような発言をしている。

だがどう考えてもキアラにこんな美男子の知り合いはいない。

「ねえ、私とあなたはどこかで会ってたの？　気を悪くしたらごめんなさい、こんな美男子……美少年？　と出会っていたら絶対忘れられないと思うのだけど」

金髪に青い目をした少年を思い出そうとするが、記憶が遡れない。

「まあ、忘れていても無理はない。キアラはまだ五歳だったし、私も子供の頃は女の子の恰好をさせられていたからね」

「……はい？」

レアンドルが子供の頃の思い出話を語る。

幼少期は病弱だったため、天使に連れ去られないように性別を偽って姿隠しをしていたそうだ。

身体が丈夫になるまで男の子なら女の子の恰好を、女の子なら男の子の恰好をして、天使の目を欺くのだとか。ノグランド王国に古くから残る風習である。

そのような風習が存在することは知っていたが、まさかキアラも女装姿のレアンドルと遭遇していたとは思わなかった。

これだけ整った顔立ちで中性的な美しさがあるなら、子供の頃は完全に女の子に見えただろう。

「アランブール伯爵領のエーデルベス地方は、キアラたちもよく訪れていたんだったな。温暖な気候で海も近くて、食も豊かな美食の地だ。そこでひと夏を過ごしていたときにキアラたちに出会った。三人の兄と一緒に走りまわる小さなキアラは太陽のように生命力に溢れていて、私は一目で可愛いって思ったんだ。幼すぎて恋心かどうかはわからなかったけど」

「そ……そうなのね」

――なんだかこそばゆい気持ちになってくるわ。

人の思い出話に自分が登場することがこんなにムズムズするものだなんて、知らなかった。きっと幼い頃の気持ちも相まって、随分美化されていることだろう。

「キアラはとにかく元気いっぱいで健康的で、三歳差の私と身長はそれほど変わらなかったと思う。私は身体が弱かったから、同年代の子と比べても発育は遅い方だったからね。酔っ払いに絡まれたとき、自分より小さい女の子に庇われたことが情けなくて、大人を前にしても気丈なあなたがかっこよくて、騎士になろうと決意したんだ」

「ええ！」

まさか人生の目標を決めたきっかけが自分だなんて、驚きすぎてしまう。酔っ払いに絡まれた記憶などいくら捜してもでてこない。

「記憶違いでは……」

「絶対違う。鮮やかに思い出せるのだから。なんならキアラが着ていた服の詳細を伝えてもいい」

「あ、結構です」

そこまで自信があるのなら、思い違いではないのだろう。

——私がそんなことを……まあ、子供って怖いもの知らずではあるし、可能性はゼロではないわね……。

ふとキアラの脳裏に金色の髪を二つに結った女の子が思い浮かんだ。

大人しくて控えめな笑顔が愛らしい、まさに理想的な貴族令嬢だ。確か彼女の目は青かった。

「……ああ！　あのめちゃくちゃ可愛くて優しくて、会うたびに飴をくれた女の子がレアンドルだったの⁉　確かリアって呼んでた気がする！」

「思い出してくれたのか、うれしいよ。キアラは確かに私のことをリアと呼んでいたな。名前が長くて呼びにくいし、女の子ならリアの方が可愛いと言って」

「す、すみません……」

子供は無敵だなと再認識する。

——短い期間だったけど、一緒に遊んでた女の子がいたわ。同年代の女の子の友達なん

ていなかったから、すっごくうれしくて懐いてたのを思い出した。

まさかあの美少女がレアンドルだったとは……今も中性的ではあるが、女性に見間違えることはない。

――女の子を守らなきゃって気持ちは、幼い私にもあったのね。騎士道教育のたまものだわ。

勝気すぎるのも考えものだが、無事でいられたことがなによりだ。

「えーとそれで、レアンドルは騎士を目指して……近衛騎士団に入ったの？」

彼の白い騎士服は誤魔化しようがない。家柄的に、グレイユール公爵家出身なら近衛騎士団へ入るように推薦されるだろう。

「近衛騎士団に配属されたのは二年ほど前だが、その前までは第一騎士団に所属していた。王都を警備したり遠征にも参加して、剣の腕を磨いたんだ。私の目標はあなたを守れる騎士になることだから」

「そう……照れるわね……」

レアンドルにギュッと抱きしめられる。

頭を頬ずりされているのは気のせいではないだろう。

キアラはさりげなくレアンドルを引きはがし、彼の目を見つめながら続きを促した。

「それで、レアンドルの護衛対象はどなた？」

「……ミカエラ王女だ。キアラが大好きなミカエルとずっと一緒にいた。すまない」

――ああ、やっぱりミカエル様はミカエラ王女なのか……。

そう考えるとしっくりくる。

何故レアンドルが頻繁に歌劇場に出入りしていたのかも、見回りや警備をしていたのかも。護衛対象が王族で、素性を隠しながら警護をするのなら、一般の黒い騎士服に着替えるのも納得がいく。

「別に謝る必要はないわよ。私はミカエル様のファンだけど、ミカエラ王女のことはあまりよく存じ上げないもの。私が応援しているのは煌びやかな舞台の上で、私たちに夢を見せてくれるミカエル様よ」

ミカエルがミカエラ王女だなんて関係ない。キアラはただ純粋にミカエルを応援するのみだ。

――私は推しの日常生活まで全部把握したいファンではないし……ミカエル様が健やかで楽しい日常を送れていたら、それでいいもの。

憧れの人が幸せになれることが一番だ。ファンとしては全力で応援し続けたい。

「そうか……私はまだまだキアラについて知らないことも多いな」

「当たり前だわ。まだ知り合って間もないんだもの」

もしかしたらレアンドルは兄経由でキアラの情報を得ていたのかもしれない。サムとの会話から、二人が近しい仲なのが窺えた。

レアンドルはふと微笑を落とすと、キアラに問いかける。

「幼い頃にした約束を覚えてる？」

「え？　……なんでしたっけ」

どうやら自分はあまり記憶力がいい方ではないようだ。

――リアのことも先ほど思い出したばかりだし……約束ってなにかしら。人生を左右するようなものじゃなければいいけど……。

「大人になったら結婚しようねって」

――めちゃくちゃ左右する約束だった！

何故覚えていないのか。それはリアを女の子だと思っていたからに違いない。

レアンドルがキアラの手を取り、指先にキスをした。

柔らかな唇の感触が押し当てられて、落ち着いていたトキメキが再燃する。

胸の鼓動が騒がしい。こんなのまるで、夢中で観ていた舞台の主役のようだ。

「それが叶えられることが、とてつもなくうれしい。あなたも同じ気持ちだったらいいのだけど」

彼の瞳の奥が不安そうに揺れていた。

先ほどキアラがレアンドルと離れたくないのだと言った本心を忘れてはいないないだろうに。

キアラは偽りのない気持ちを口にする。

「わ、私も……うれしいわ。ずっと傍にいてくれるんでしょう？」

「っ！　ああ、ずっと傍にいる。あなたの恋人も婚約者も夫の座も、全部私が独り占めできると思うと、幸福で満たされるようだ」

そんな大げさだと思いつつ、キアラも似たようなことを思っていた。

――レアンドルが誰とも交際したことがなくて、彼のはじめての恋人が私だと知ったときはうれしかった……彼と一緒に歩んで行けるのだと思うと、足元がふわふわしそう。

まだ実感がわかない。これまで二人で甘い時間を過ごしたことはほとんどなかった。キスをして、少し身体に触れて……それだけで胸が張り裂けそうになっていたのに。これから本物の恋人で婚約者になった場合、どれほどのドキドキが待っているのだろう。

――あ、あれ？　急に緊張感が増してきたわ。

よく考えればこの状況もまずくないだろうか。

未婚の男女が二人きりで部屋に閉じこもっていて、人払いまでしている。キアラの中の常識が首を傾げていた。

「あの、レアンドルの太ももが痺れたら困るから、下りるわね」

ずっと彼の上に乗っていたら、いくら鍛えているとはいえ負担になるだろう。それにキアラのお尻も疲れてきた。

筋肉に座るより、ふかふかの椅子に座った方が双方の負担は減る。

「では私は湯浴みの準備をしてくるよ。少し待ってて」

「え?」

レアンドルが隣室に続く扉を開けた。水が流れる音がしているが、一体急にどうしたのだろう。

「あの、レアンドル? 私お邪魔じゃないかしら。そろそろ屋敷に帰ろうかと……」

「ダメだ、帰さない」

正面から抱き上げられた。子供のように縦に抱き上げられたのはいつぶりだろうか。思わず恐怖心から彼にしがみついてしまう。

「え、え? でもお風呂に入るのでしょう?」

「そうだよ。あなたも一緒に」

「……私も?」

「キアラが行方不明になったと聞いたときは、この世の終わりかと思った。こうしてあなたが無事でいてくれたことがどんなにうれしいか……でも、あの男に本当に怪我をさせられていないか、確かめさせてほしい」

「……っ」

薬を嗅がされた後遺症はなさそうだが、身体に傷があるかは確認できていない。

寝ていた時間が長いため自分でもまだ身体を確かめたわけではないが、特に痛みも違和感もなければ大丈夫だろう。

――でも、言葉で言うより、ちゃんと証明して納得がいくまで確かめさせた方が安心するのかも……。

レアンドルがすごく不安だったのは事実だ。家族と同じくらい心配させた。

誘拐された本人の心も大事だが、同じくらい周囲の人間の精神的な苦痛を和らげることも大事だろう。

恥ずかしさはあるが、今は彼を安心させたい。

愛おしい気持ちの方が羞恥心を凌駕(りょうが)した。

「いいわよ、脱がせて？」

彼のように自ら大勢の前で脱ぎだすような度胸はない。

好きな男性の前で服を脱ぐというのは難易度が高いのだ。

――脱がせてもらうのもどうしていいかわからないかもしれないけど……。

キアラの足が床についた。見上げると、レアンドルの目が泳いでいる。

「そんなあっさりと、脱がせてなんて言うとか……私が悶え死んでしまう」

「なんで？」

どこに悶えることがあったのだ。彼が望む通りの発言をしただけなのに。

「あ、もしかしてやっぱりこういうときは自分から脱ぐべきだった？　でもレアンドルなら自分が脱がせたいって言うかなと思……」

「はい、私が脱がせたいです」

食い気味にかぶせてきた。

「なんで口調が戻ってるの？」

そういえば彼がキアラを助けに来たときから、丁寧語から砕けた口調になっている。きっとこっちの方が素のレアンドルなのだろう。

「……あれは、とにかくあなたに嫌われたくなくて……紳士な男を演じるには口調から気を付けなくてはいけないと思っていたから」

心なしかレアンドルの頬が赤い。なにに照れているのだろうか。

「えっと、それで私をキアラさんって呼んでいたの？」

「ずっと心の中ではキアラと呼んでいたが、いきなり本人を前に呼び捨てなんてしたら緊張してしまうし、あなたに馴れ馴れしい男だと思われるのも嫌だった。軟派な男だと思われるよりは、丁寧で紳士的な男の方が好感度は高いはずだと。第一印象は大事だろう？」

——まあ、確かにそうかもしれない。

顔見知りから友人のような関係になったとしても、急に馴れ馴れしく呼ばれたら期間限定の恋人にも頷いていなかっただろう。

きっといろんな女性と遊んでいるに違いないと思い、遊ばれるのはごめんだと彼を避けていた可能性が高い。

——私も気を付けよう。先入観とか思い込みとか、偏見に振り回されないように。

内心反省しつつ、自分に嫌われないように気を付けていたというレアンドルの心遣いがむず痒くもくすぐったい。

「どんな呼び方や口調でもいいけれど、私はありのままのレアンドルを見せてもらえた方がうれしいわ。私に嫌われないように丁寧に接してくれていたのも紳士的で素敵だけど、でもそれってそういう男性を演じていたってことでしょう？　素の口調の方が、もっとレアンドルを近くに感じられると思うの」

「……キアラ、そんなに私を……いや、俺を近くに感じたいと思っていてくれたのか……もう好きすぎる」

レアンドルの頭のねじが一本取れてしまったようだ。

両手で顔を覆い隠してなにかに悶えている。

「えっと、ありがとう……？」

取れたねじはどうやって取り付け直したらいいのだろう。もしくはこれが素の彼なのだろうか。

——うう～ん……深く考えるのは止めておこう。

恋は人をおかしくさせるらしい。

きっと熱病に浮かされたような言動をしてしまうのも、一時的なものだろう。

レアンドルは「よし」と決意を見せた。

「湯が冷める前に……脱がせるよ」

震える手でキアラの服を脱がせにかかる。

――そんなに挑まれるように脱がされると、こっちも緊張するのだけど……。

美形が目元を赤く染めて辛抱強く耐えるように釦(ボタン)を外していく。その姿がなんともいえない気持ちにさせた。

胸の奥を羽先でくすぐられるような、なにかで満たされていくような心地だ。

――これはもしかして、可愛くて悶えそうな気持ちでは?

きっとそうだ、間違いない。

大の男相手にそんな感情が湧き上がるとは思ってもいなかった。

だが、不慣れな手つきで羞恥を隠して服を脱がしにかかる姿は、恥じらいを持った乙女に通じるものがある。

そんな感情が筒抜けになると、逆にキアラの方は冷静になってきた。恥ずかしさはあるものの、これからどうなるのか楽しみであり、好奇心が勝っている。

ワンピースが床に落ちて、下着姿になった。

レアンドルの視線がサッと泳いだことを察知し、キアラは自ら提案する。

「あ、私もレアンドルの服を脱がせた方がいい？」

「っ！　ダメだ、そんなことはさせられない」

「じゃあ……先ほど大勢の前でやったみたいに、私の前で脱いでくれるの？」

声にからかいが混じりそうになってしまう。

先ほどは後ろ姿しか見えなかったが、今度は正面から観察できる。

どことなく気持ちが弾んでくるのは乙女としていかがなものかと思いつつも、本能が「見たい！」とこぶしを上げていた。

――背中だけでもすごく綺麗だったもの。均整がとれている体軀ってレアンドルのような身体を言うんだわ……。

男性の裸は家族で見慣れている。彼らはすぐに脱ぐ癖があるのだ。

きっと筋肉自慢の男たちに羞恥心はないに違いない。己の身体に絶対的な自信があるから。

「……キアラは俺の身体が見たいの？」

レアンドルの瞳が何故だか輝いて見えた。

そうであってほしいという期待と同じくらいの羞恥心に、若干の理性が混ざっているらしい。望んでくれたらなんでもしようという気概が伝わってくる。

「もちろん見……」

——待って。レアンドルの裸をどこまで？

上半身しか想定していなかった。全裸を見せつけられたら、さすがのキアラも直視できない気がする。

——どうしよう、この状況で見たくないとも言えないし、だからと言って全部見たいなんて言ったら痴女みたいだわ……！

さすがにレアンドルも引かないだろうか。そんなことを言いだす貴族令嬢は、彼が会いたいと思っていたキアラではないと言いだすかもしれない。

「……あの、見たいというのはあれよ？　レアンドルが全員の前で脱いで見せたのと同じ範囲でのつもりで……だってあの人たちには見せたのに、私にはダメなのはズルいじゃない？　公平じゃないわ」

レアンドルが見せたのは上半身まで。ベルトを外そうとしたのをキアラが阻止したから、彼の雄の象徴は誰にも視姦(しかん)されていない。清らかなはずだ。

——咄嗟に誤魔化したけど、いいえ、紛れもない本心だけど……彼の色香にあてられて鼻血出したらどうしよう。

これはもはや忍耐の域かもしれない。

自分の身体を見られることは多少なりとも恥ずかしいが、彼の身体を拝むことの方がどうにかなってしまいそうだ。

結論として、キアラは「まだ早い」を選択した。

「ごめんなさい、やっぱり私にはレアンドルの身体を見て平常心を保てる自信がないわ。絶対挙動不審になるし、なんなら気絶してしまうかもしれない」

「気絶？　それは大変だ、俺もキアラの精神に負担をかけたくない」

「いえ、精神というより肉体の方……」

「キアラには汚らわしいものを視界に入れてほしくない。いっそ目隠しでもしてしまおうか」

レアンドルが真剣に考えだしたが、その策はいかがなものだろう。

むしろどっちが目を隠すのだ。

キアラが悶々（もんもん）と悩んでいる間に、レアンドルは手早く上半身の衣服を脱いだ。先ほどのじれったく見せつけるような脱ぎ方ではなく、あっさり脱いでしまい唖然とする。

「さあ、これであなたの言う公平になっただろう？」

レアンドルと向かい合う。

上半身裸の男性なんて見慣れていると思っていたのに、家族の身体を見ていたときには感じられなかった緊張感がこみ上げてきた。

「き、綺麗ね……思っていた以上の芸術性だと思うわ」

「俺の肌を想像してくれたのか？　それはうれしいな。あなたを守ると決めて鍛え上げたんだ。この身体はキアラの好きにしていい」

好きにしていいなどと、軽々しく口にするのは危険だ。

「そんな台詞を軽率に言っちゃダメだと思うわ。私があんなことやこんなことをしたがる痴女だったらどうするの？」

そう言いつつも、キアラの想像力は逞しくはない。痴女は好みの肉体を目の前にしたら、一体どんなことを妄想するのだろうか。

「キアラにされるなら全部ご褒美なんだが」

「ご褒美……」

怪しい発言をされた直後、キアラが小さくくしゃみをした。

「ああ、すまない。さあ、早く脱ごう」

「え、あ……っ」

あっけなく下着をすべて脱がされた。じわじわと恥ずかしさが増している中、湯舟に浸かるよう指示される。

「え、ええ……じゃあ、お先に……」

――前だけじゃなくて、後ろ姿を見られるのも恥ずかしいなんてはじめて知ったわ。

レアンドルの視線から逃れたくてすぐに後ろを向いてしまったが、彼はなにを思っただろう。胸だけではなくお尻にももう少し肉がついていた方がいいとでも考えたかもしれない。

湯加減はちょうどいい。少し冷めてぬるま湯になっていたが、じんわりとキアラの緊張をほぐしてくれそうだ。

——冷静に考えるとすごいことをしてる……男性と一緒に入浴だなんて。

期間限定の恋人で別れることが決まっていた相手が、実は婚約者だったというだけで驚愕していたのに。別れずに済んだことは喜ばしいが、この展開はいささか急すぎではないだろうか。

——あれ？　私、今日は帰れるのかしら？　それともここに泊まるのかしら……？

泊まるとなれば、恐らく同室……ついでに寝台も一緒のはずだ。

素肌を晒した後になにもしない成人男女はいないだろう。

「……っ！」

なんだかたまらなくなって衝動的に頭まで湯の中に潜ると、すぐさま身体が引き上げられた。

「大丈夫か！」

レアンドルが慌てている。

キアラの腹部に腕を回し、背後から抱きしめるように湯に浸かった。

「ちょっと……潜ろうかなって」

「びっくりした……急に姿が見えなくなって、溺れているのかと」

「ごめんなさい……驚かせて」

長い息を吐きだすレアンドルを見て、申し訳なさがこみ上げる。人がいる場所で突然の奇行は心臓に悪かっただろう。

「いや、溺れていないならいいんだ。だが、キアラは目が離せないな……なにをしでかすかわからない」

背後から抱きしめられると、ドキッとする。腹部に回った腕が逞しい。

そして今さらながら、レアンドルの素肌を感じ取って心拍数が上がりだした。

「そんなに心配しなくても子供じゃないし、大丈夫よ。今回はうっかり連れ去られちゃったけど」

「うっかり誘拐されるなんて、とんでもないことだろう。たまたま大きな事件には発展しなかったが……それでもキアラを誘拐したことは事実だ。あの男は許しがたい」

「そうね、巨乳ばかりを狙うなんて本当許しがたいわ」

しかもキアラは間違って攫われたわけだ。なんという屈辱なのだろう。

「……俺はキアラの身体は美しいと思っているよ。直視しがたいほどに」

「お世辞でもありがとう。好きな人にそう言ってもらえるなら十分うれしいわ」

だが多少、もう少し胸はほしい。きっとレアンドルも小さいより大きい方が楽しいだろう。

「なにを食べたらあんなにふわふわで、零れそうなほど成長するのかしら……」

もしかしたらキアラの兄たちの方が胸は大きいかもしれない。筋肉で胸筋が発達している。

「兄さまたちを見習って、筋肉をつけるしかないのかも……」

キアラの両手ですっぽり覆われてしまう胸を触りながら独り言を紡ぐ。

胸が邪魔で、肩が凝るという悩みを持つまで成長することは高望みしすぎだが、寄せて上げたらくっきり谷間ができるくらいには……。

「そんなに気にすることではないと思うんだが……」

「でもレアンドルも、大きくてふわふわな胸の方が触り心地がよくてうれしいでしょう?」

「大事なのは大きさじゃなくて、誰についているかだろう。俺はキアラ以外の女性の胸には興味がないから、キアラの胸を可愛がりたい」

レアンドルの手が移動する。

キアラの腹部に巻かれていた手がそっと小ぶりな双丘に触れた。

「ん……っ」

彼の大きな手ではやはり物足りないだろう。すっぽり覆われてしまっているのを見ると、やはり胸筋を鍛えることが手っ取り早いと思えてしまう。

「ああ、可愛いしずっと触れていたい……」

熱っぽい声が鼓膜をくすぐる。

彼の指先が控えめな胸の蕾（つぼみ）に触れた。

クリクリと先端を弄（いじ）られると、なんだか身体の奥が疼いてくる。

「そ、そう……？」

「うん。あとこれは俗説だが、恋人に揉まれると大きくなるらしい」

「そうなの？　じゃあ私の胸が物足りないのは恋人がいなかったせいなのね。道理でおかしいと思ったのよ、お母様は小柄なのにふわふわだもの」

遺伝を考えれば、キアラだって素質はあるはずだ。ちなみにそんなところだけ父親似になったなんて思いたくない。

――それならいっぱい揉んでもらおう。

キアラは優しく胸に触れてくるレアンドルの手に、自分の手を重ねた。

「たくさん揉んでね？」

背後を振り返りながら上目遣いでお願いする。

レアンドルの目尻に赤みが増した。

「そんな可愛い顔で可愛いおねだりをされたら……ああ、ダメだ。今すぐ襲い掛かりたくなってしまう」

キアラの腰になにか硬いものが押し付けられた。

レアンドルの苦悩めいた吐息も感じられて、なにやらお腹の奥からこみ上げてくるものがある。

――これは……欲情ってやつなんじゃ……？

当然だがレアンドルは健全な成人男性だ。

今まで紳士的に接していたのは、キアラを怖がらせないため。

キスをして胸に触れて、甘い恋人のような時間を過ごしたこともあったが、彼の情欲を感じたことはない。

レアンドルはキアラの胸から手を離さないまま、色香の混じった吐息をこぼしていた。

「あ……レアンドル、なんだか私……」

「うん、どうした？」

彼の顔がキアラの首筋に埋まった。

肌にキスを落とされると、なんだかぞわぞわとした震えが背中から腰を駆ける。

「お腹の奥が熱いみたい……？　なんだろう、キュウッてする」

ぬるま湯に浸かっているのに、身体の奥から体温が上昇しているようだ。

レアンドルに触れられている箇所に神経が集中する。もっと撫でられたくて、身体に触れてもらいたくなる。

「……この辺？」

彼の手が腹部に移動した。

円を描くように下腹部を撫でられると、キアラの胎内がふたたびキュンと疼いた。

「ンゥ……ッ、……そう。多分、そこ」

片手で胸を弄られながら、もう片手がキアラの下腹をまさぐる。

なんだか湯に上（のぼ）せたように、思考がふわふわしてきた。身体中の神経がレアンドルの手に注がれている。

「キアラの身体が、俺に触れられて気持ちいいって思っているんだ。俺に触れられるのは嫌じゃない？」

「……嫌じゃないわ」

むしろもっとほしいとねだりたくなりそうだ。

先ほどはたくさん胸を揉んでほしいと口にしたのに、全身に触れてほしいと言うのは憚られる。

レアンドルは優しいから、キアラが欲張りなことを口にしてもきっと受け入れてくれるだろう。だが、彼が嫌なことはしたくない。

「……あの、もっとって言ったら、嫌？」

「ん？」

「レアンドルに、もっとたくさん触れてほしいって……全身を撫でてほしいって言ったら、欲張りな女だと思って呆れる？」

熱に浮かされたような表情で見つめられたレアンドルは、思いがけない問いかけに一瞬言葉を失ったようだ。

眉間に皺を寄せてなにかに耐える顔をした。

――あ、困らせたかも。

キアラの眉がしゅん、と下がる。

誤解を生んだと正しく認識したレアンドルは、キアラを抱き上げて浴槽から出た。

「欲張りなんて思うはずがない。むしろそんな可愛い顔でうれしい発言をされたら、煽っているだけになるからな？　キアラの全身を洗ってあげようと思っていたが、後にする」

バスローブを着せられると、またしても横抱きにされて寝室に運ばれた。

寝台に寝かせられ、起き上がる間もなくレアンドルが乗り上げてくる。

「レア……」

「俺の我慢はずっと限界だった」

キアラの太ももあたりを跨ぐと、レアンドルは身に着けているバスローブの袷をほどいた。

バスローブが床に落ちる。

キアラの視界には生まれたままの姿のレアンドルが飛び込んで来た。

膝立ちになったレアンドルには余裕がない。

目の毒になりそうな色香を放ちながら、しっとりとした視線を向けてくる姿が言葉にならないほど色っぽい。

だがなにより存在感を放つのがレアンドルの雄の象徴だ。

――視線が吸い寄せられるんですけど……！

芸術家が作り出す彫刻よりも雄々しく神々しく、そして生々しい。

天を向く欲望はキアラの想像をはるかに超えていた。

中性的な顔立ちの美男子がこのような凶悪なものを持っていたなんて……と内心狼狽(うろた)えそうだ。

「キアラの望み通り、全身くまなく愛してあげるし、頭のてっぺんからつま先まで思う存分触れてあげよう」

「ひぇ……」

思いがけない愛情の重さを感じてしまい、腰が引けそうになった。

前言撤回がしたいとは言いだせない空気だ。

——触れてほしいとは思ったけど、こんな色気大魔神のような顔で迫られたら……気絶するかもしれない。

どうしてだろう。まともな恋愛経験がないのはレアンドルも同じはずなのに。彼の方が断然キアラより経験豊富に思えてくる。

追い詰められた小動物の心境を味わっていると、レアンドルがキアラのバスローブの袷を解いた。

「あ……っ」

スッと鎖骨のあたりに触れられた。

その瞬間、肌がぞくぞくと粟立った。レアンドルの手つきすら艶めかしい。

「細い首も華奢な鎖骨も、引き締まった腕もすらりとした脚も、全部美しい。あなたがこんなに美しく成長していく姿を、間近で見守れなかったことが悔しくてたまらない」

「そ、そんなことは……」

間近でということは、遠くからは見つめていたのだろうか。

気が動転しているせいで、余計なことまで考えてしまう。

レアンドルの手がキアラの脚に触れた。片手でふくらはぎを持ちあげて、つま先に唇を寄せる。

「ン……ッ」

「形のいい爪も可愛いね」

親指を口にふくまれた。

抱き上げられて運ばれたとはいえ、汚れていないとは限らない。そんな風に舐められるなんて思ってもいなかった。

「や……足なんて舐めちゃ」

「キアラの全身にキスをして、身体中に所有の証を刻みたい」

くちゅり、と唾液音が響いた。

つま先から唇を放したレアンドルは、踵からキアラのふくらはぎを舌先で滑らすように舐める。

「ひゃあ……っ」

くすぐったくて、でもなにかを期待しているようで、身体が小刻みに震えてしまいそうだ。

ねっとりとした視線と息遣いがキアラの官能を高めていく。

「この引き締まった美しい脚……芸術品のようだ。もうひったくり犯を蹴るようなことはさせないから……蹴るなら俺だけを蹴ってほしい」

最後の言葉は聞かなかったことにしたい。

「……っ、蹴らない、わ。好きな人を蹴るなんて、そんなこと……」

「キアラは優しいな。でももし俺がキアラを怒らせるようなことをしたら、遠慮なく蹴ってくれ」

それはもしやご褒美では？　という疑問は飲み込んだ。

だが、キアラがレアンドルと最初に遭遇したとき、彼はキアラのふくらはぎに触れてこなかったか。

――ああ、余計なことを思い出してしまったかも……。

愛おしそうに太ももに唇を寄せて、内側の腿(もも)にきつく吸い付く婚約者を眺める。

嫌悪感はないが、彼はもしかしたらキアラの脚に異常な執着があるのかもしれない。

腿にチクリとした痛みを感じた。鬱血痕(うっけつこん)が浮かび上がっている。

綺麗に浮かび上がった赤い花をレアンドルは満足そうに指先で撫でた。

「レアンドルは、私の脚が好きなの……？」

堪えきれずに確認した。

彼は甘い笑みでキアラを見つめ返す。

「脚も含めて全部。俺はキアラの全身を愛しているし、キアラに関わっているものもすべて愛おしく感じている。あなたが俺の性癖であり、原動力だ」

「ごめんなさい、よくわからないわ……」

性癖とはこんなに開けっ広げに言えるものだっただろうか。キアラに関わっているものというのも、なにを指すのだろう。

——人には踏み込んではいけない領域がある気がする。

この程度でレアンドルへの気持ちが冷めることはないが、すべてを知るというのは双方に負担がかかるのだなと学んだ。

キアラには隠したいことなどないが、もしかしたらキアラが熱弁していたミカエルについて、聞き役になっていたレアンドルは思うところがあったかもしれない。

レアンドルの身体が覆いかぶさってくる。

ぼんやりと考えごとをしていたキアラの気を引くように、唇に触れるだけのキスをした。

「もう俺のことだけを考えて。他のことに気を取られたら、嫉妬してしまう」

「ん……、っ！」

嫉妬すると発言した直後、喰らいつくようなキスをされた。

僅かな隙間に舌がねじ込まれる。口内をすべて舐めつくすようにレアンドルの舌がキアラの中を蹂躙した。

「ン、ンゥ……ッ」

舌を絡ませられて逃げられない。

どうしたらいいのかわからないまま、ただレアンドルに翻弄される。

「あ、ま……っ」

飲みきれない唾液が唇の端から顎を伝った。

呼吸の仕方も忘れてしまいそうだ。どの瞬間に息継ぎをしたらいいのだろう。

――頭がクラクラしそう……。

どちらのものともわからない唾液をこくんと飲むと、レアンドルがかすかに微笑んだ気配がした。

「ああ、いい子だ。あなたの中に俺のものが入っていくのかと思うと、たまらなく興奮する」

もはやなにを言っているのかわからず、キアラは酸素を求めて深く呼吸を繰り返した。

キスがこんなに激しいものだとは思わなかった。

甘くて蕩けそうなキスをしたことはあっても、呼吸すら奪われそうになるようなものははじめてだ。

――口が食べられるかと思った……。

レアンドルが美しくて気品のある獣に見えてくる。孔雀（くじゃく）だと思っていたら肉食獣の間違いだった、のように認識を改めなくてはいけないかもしれない。

「キアラ……」

レアンドルの手がキアラの胸元に移動した。たくさん揉んでほしいとおねだりをした胸を優しく弄られながら、もう片方の手がキアラの下腹を撫でてくる。

「は、あぁ……、ン」

「可愛い蕾がぷっくりしてきた」

胸の頂を指先で摘まんだかと思うと、突然口にふくまれた。先ほどキアラを酸欠間際まで追い込んだ舌が、胸の蕾を舌先で転がしだす。

「ひゃあ、ぁ……ふわぁッ」

チュッと吸い付かれたかと思うと、甘い痺れが全身を駆け巡った。優しく歯が当てられるだけで、キアラの下腹がキュウッと収縮する。

——胸を触られて吸い付かれるだけで、お腹の奥が切なくなってくる……。

なんだか股がぬるついているようにも感じる。今レアンドルにお腹へ触れられたら、胎内の収縮がさらに激しくなりそうだ。

「どこもかしこも可愛すぎてたまらない。キアラの全身に赤い花を咲かせたくなる」

胸元にもチクリとした痛みが走った。

明日の朝、自分の身体は一体どうなっていることだろう。

「キアラ……お腹は切なくないか」

そっとへその下に手を当てられた。先ほどと同じく撫でられると、身体の奥から熱が上昇してきそうだ。

「ンンッ……、あ、ダメ……」

「ダメ？　なにが？」

ゆっくりと子宮を意識するように仕向けられる。剣を握る皮膚は硬くて、今は撫でられるだけでもどかしい。

「お腹……切ないみたい……キュウッて止まらなくなる」

身体の奥が早く、と求めてくる。

外側を撫でられるだけでは足りなくて、もっと内側から満たされたい。彼の体温を直に感じて、全身で繋がりを求めたくなっている。

「レアンドル……」

キアラの声には、レアンドルを求めて止まない気持ちが込められていた。

そのおねだりを正しく受け止めると、レアンドルは愉悦に滲んだ笑みを浮かべる。

「ああ、早く気づいてあげられたらよかった。キアラの愛液がたくさん溢れている」

両膝を立たせられて、そのままグイッと開脚させられた。

股の間にレアンドルが顔を寄せる瞬間を目撃し、キアラはたまらない気持ちになった。

「ぁ……ダメ！　汚いからぁ……、アァ、ン……っ！」

じゅるり、と唾液とは違う水音がキアラの鼓膜を犯した。

不浄なところからこぼした体液をレアンドルに啜られているのだと思うと、羞恥心や背徳感でどうにかなってしまいそうだ。

――恥ずかしい……こんな、舐めるなんて……！

なんとか脚を動かそうとしても、レアンドルにガッシリ固定されているためびくともしない。

自分の身体なのに、制御が利かなくなる。キアラの意思に反してとめどなく愛液が溢れてくるのが感覚として伝わって来た。

「ア……ッ！」

肉厚な舌がキアラの花芽を突いた。

そのままじゅっと強く吸い付かれて、腰がビクンと浮き上がりそうになる。

――あ……、なに？

「レアンドル、それ……」

「気持ちいい？　ここは女性の性感帯だから、たくさん気持ちよくなろうか」

ひと際快楽を拾いやすいのだろう。キアラの胎内の熱がさらに籠もった気がした。

「あ、あぁ……んぁ――ッ」

突いて吸ってを繰り返した後、レアンドルが軽く歯を当てた。

突然の刺激がキアラを襲い、胎内に燻(くすぶ)っていた快楽が一瞬で弾けた。

甘い嬌声(きょうせい)が室内に響く。

キアラの四肢から力が抜け落ちると、ようやくレアンドルが顔を上げた。

「うまく達せられたようでよかった。これで少しは、受け入れやすくなっただろう」

身体が重怠い。呼吸を整えている間に、レアンドルの指が一本挿入された。

「ああ……狭くて温かいな。だがこれなら二本はすぐに飲み込めそうだ」

異物感を感じるが、痛みはない。

キアラの様子を確認しつつ、レアンドルは指を二本に増やした。

「ン……」

「痛い？」

ゆるゆると首を左右に振った。

一瞬違和感があったが、痛みというほどではない。

「なんとか、大丈夫……」

だが二本の指を中で動かされると、先ほど弾けた熱がふたたび戻ってきそうだ。

膣壁をこすられて、ゆっくりと快楽を得られるように動かされる。

「ああ、すごい……指が食われそうだ。そんなに俺がほしいのか」

レアンドルがクスリと笑った。

彼の囁きすら些細な刺激になっていた。

身体は本能的にもっと奥へと導いているのだろう。

「わたし……なんか、へん」

冷静に考えることができない。身体が熱くて思考もふわふわしている。

ただ貪欲に、目の前のレアンドルをもっと全身で感じたくてたまらない。

「変？　いいよ、もっと乱れて。あなたの可愛い姿も、感じている顔も俺にだけ見せてほしい」

チュポン、と指を引き抜かれた。

レアンドルは淫らな蜜で濡れた指を舌で舐めとっている。

そんなものを食べないでほしいのに、その光景すら淫靡だ。レアンドルの色香を存分に吸い込んでしまい、キアラの胸の鼓動はさらに速まった。

「そんなの、もうなめないで……」

たまらなくなって枕を抱き寄せようとする。いっそのこと顔を隠してしまいたい。

だがそんな目論見は阻止された。

「あなたが縋るのは俺だけにしようか。枕にすら嫉妬してしまう」

「あ……」

ポイッと床に放り投げられてしまった。

そのままレアンドルがキアラに覆いかぶさり、唇を合わせてくる。

「俺だけを考えて。俺だけを見てて」

「ん、ふぁ……っ」

甘い嬌声が鼻から抜けた。

キスをされると、キアラの思考がさらに蕩けてしまう。

――あ……ダメ、キス好き……。

ぴちゃぴちゃと唾液音が響く。同時にキアラの蜜壺にふたたびレアンドルの指が挿入された。

先ほどよりも圧迫感が増しているが、身体はすぐに馴染んだようだ。彼の指をすんなり飲み込み、貪欲にもっと奥へと誘っている。

「キアラ……辛くない？」

レアンドルに言われた通り、彼だけを見つめる。

「だい、じょうぶ……」

額に浮かんだ汗までもが色っぽくて、伏し目がちに見つめられると胸の奥がキュウッと反応した。

こんなに気持ちが加速することがあるのだろうか。

少し前までの自分には考えられなかったほど、好きの感情が増している。

好きな人をもっと感じたくて、より深く繫がりたくて。キアラは自然と両腕をレアンドルに差し出していた。

「も……ちょうだい？」

「っ！　キアラ……」

ずっと彼が我慢していることを知っている。最初から限界だと言っていた。

レアンドルは眉根を寄せると、キアラの中から指を抜いた。

一瞬の喪失感にすら寂しくなってしまう。すぐに彼の熱を感じられるとわかっていても、キアラの感情は本能に支配されているようだ。

「ああ、そんな目で見つめてくれるなんて……たまらないな。もし辛かったら俺を殴ってほしい」

好きな人を殴るなんてできない。

だが殴ってでも止めてくれというのは、実に騎士らしい言葉だと思うと少し余裕ができた。

「じゃあ私も……ダメって言っても止めないで……」

「ん、わかった」

レアンドルが微笑んだ直後、秘められた場所に熱いなにかが押し当てられた。

指とは比較にならないほどの質量だ。だがそれが先ほど見た彼の雄だと思うと、キアラの胸が期待と興奮と、未知の恐怖でいっぱいになる。

「ン、あぁ……っ」

入口付近を何度も往復し、ぐちゅり、と先端が押し込められた。

ズズ……ッ、とゆっくり隘路を押し進められる。

――あ、苦しい……。

指とは異なる質量の違いを感じ、圧迫感がキアラを襲った。だが予想していたような痛みはなく、内臓を押し上げてくるような苦しさを感じるだけ。

「キアラ……」

レアンドルの掠れた声で名前を呼ばれるだけで、膣壁が収縮する。

意図せず彼の雄を締め付けてしまい、レアンドルは苦しそうに息を吐いた。

「……ッ、キアラ、まって……そんなに締め付けられたら、……っ」

「え、わかんな……」

ギュッと手を繋いで指を絡める。

苦しさに耐えるようにレアンドルの手を握ると、彼も握り返してくれた。

二人でこの経験を分かち合っていることが伝わってきて、なんとも言えない気持ちがこみ上げてくる。

やがてレアンドルの楔がキアラの最奥に当たった。

コツンと奥を刺激されると、ぞわぞわとした快感が背筋を駆けた。

「はぁ……、大丈夫か？」

体重をかけないように気を付けながら、レアンドルがキアラを至近距離で見下ろしてくる。

気遣ってくれることが優しくて、キアラの心を満たしてくれる。

苦しさはまだ残っているが、ようやく中も満たされて充足感を味わっていた。

「ん……大丈夫。レアンドルと繋がれてうれしい」

「俺もだ。受け入れてくれてありがとう」

額を合わせて、触れるだけのキスをする。

ずっとこうして繋がれていたらいいのに……そんな心境にまで陥っていた。

だがどうやらこれで終わりではないらしい。

レアンドルが言いにくそうに、キアラに問いかけてくる。

「……もう、動いても大丈夫だろうか」

「え、もう終わりじゃないの？」

まだこの先があるとは思いもよらず、キアラが純粋に尋ねると、レアンドルからなんとも言えない悲愴感が漂ってきた。

「うん、それは生殺しって言うんだよ……」

「そうなのね？　ごめんなさい、私よく知らなくて……」

「いや、いい。むしろよく知っているより、知らない方が教え甲斐もあるし……キアラに知識を植え付けた人を問い詰めたくなる」

一瞬レアンドルから黒いなにかが放たれた気がしたが、すぐに霧散した。

レアンドルは身体を起こし、キアラの片膝を腕に引っかけてグイッと広げる。

「きゃ……！」

「悪いけど、もう少し付き合ってもらうから……覚悟してて」

グチュンッ、と淫らな水音とともに肉を打つ音が響いた。

「ァァ……ッ！」

落ち着いていた熱が再燃する。

キアラの中で眠っていた快楽が無理やり引きずり出されたかのように、激しい律動が開始された。

――終わりなんかじゃなかった……！

むしろこれからが本番なのではないかと、身を以て知らされた。

身体が快楽の波に攫われそうなのを必死になって食らいつく。

レアンドルがキアラの両脚をグイッと持ちあげ、繋がったまま腰が浮いた。

「……ほら、こうするとあなたと繋がっているところがよく見える。誰に抱かれているのか、ちゃんと見てて」

「あ……っ、ひゃあ……！」

レアンドルの赤黒い欲望がキアラの中に飲み込まれていく。

その様子を目の当たりにし、言葉にならない羞恥心に襲われた。

——こ、こんな風に見せられるのって、普通なの⁉

頭の片隅で疑問が湧くが、目の前の視覚情報がキアラの興奮を煽っていることは確かだ。

もしかしたらレアンドルも、この光景に興奮しているのかもしれない。

「アァ、ンゥ……ふぁあ……ッ」

断続的な嬌声が漏れる。

ひと際気持ちいいところを集中的に攻められると、もはや余計なことは考えられなくなりそうだ。

「キアラ、好きだよ。愛してる……ずっとずっと、あなたとこうして繋がりたくて仕方がなかった」

ぱちゅん、と肉を打つ音を奏でながらレアンドルが愛を囁いた。

こんなに激しい欲望を隠し持っているなんて思いもしなかった。いつも紳士的で、キアラのことを一番に考えてくれる優しい人だったのに。

——つまり、むっつりってやつなんじゃ……？

愛の囁きは半分くらいしか脳に届いていない。

だが、きっとキアラが考えるよりレアンドルの愛情は重いのかもしれないことは、なんとなくわかってきた。

「あぁ……もう、限界だ」

レアンドルから熱っぽい吐息が零れた。

その直後、抽挿を繰り返しながら彼はキアラの花芽をグリッと刺激する。

「……ッ！　ん、アァァ――……ッ」

「ク……ッ」

キアラが絶頂を迎える寸前、レアンドルが楔を引き抜いた。

限界まで我慢した欲望は、キアラの腹部に吹きかけられる。

どろりとした白濁がレアンドルの子種だと思うと、腹部を汚されても不快感はない。むしろ許可なく中で出さなかったことが、大事に思われているのだと伝わってきた。

――結婚前に子供ができたら、さすがにお父様とお兄様たちがすごいことになりそうだものね……。

脳筋ゴリラが四人も暴れまくったら、レアンドルは太刀打ちできないかもしれない。

そうなる確率が減ってよかったと、安堵しながらキアラの意識は落ちた。

◆　◆　◆

「キアラ？」

キアラからの応答がない。どうやら達した直後に意識を失ってしまったらしい。

一瞬焦ったが、健やかな寝息を立てている姿を見てホッとした。恐らく疲れすぎて無理をさせてしまったのだろう。

「ああ、無茶(むちゃ)をさせてしまった。すまない……本当はもっと労わらなくてはいけなかったのに」

誘拐されて精神的にも疲れが出ていただろうに、己の欲望のまま彼女を貪ってしまった。

キアラとの初夜は、彼女の希望を確認してから特別な夜を演出しようと思っていたのに……歌劇が好きな彼女のことだ。きっとなにかしらの夢を抱いていたことだろう。

――我ながら情けないな……暴走が止まらなくなるなんて。

自嘲めいた笑みをこぼしながら、レアンドルはキアラの腹部を穢(けが)す白濁をスッと指ですくい上げた。

早くキアラを拭いてあげなくては。

汚れたままでは可哀想だと思うのに、自分が彼女を穢したのだと思うとひどく興奮する。

「すまない、キアラ……少しだけ俺に付き合って」

胸の果実に白濁を塗り込んだ。

先ほど散々弄って、ぷっくりとおいしそうに誘う果実へと変貌した胸の頂が、今では淫らに見える。

指先でクリッと転がすと、キアラの口から艶めいた吐息が零れた。

「ア……ん」

起きる気配はない。だが寝ていても随分感度がいいらしい。

「もっと豊かな胸になりたいと言っていたけど、十分魅力的だよ」

キアラの身体はどこも愛らしい。

手のひらですっぽり覆える胸も柔らかいし、キアラの性格と同じくらい素直だ。少しの刺激にも敏感で、胸の頂はすぐに存在を主張してはレアンドルを誘ってくる。

だが彼女が願うなら、これからもたくさん揉んであげよう。

今のままでも十分魅力的だが、彼女が望むように豊かな胸になるのも好ましい。

いつかふわふわな胸の間に欲望を挟みこめるまで成長したら、より一層行為が楽しめるかもしれない。

「……あなたには嫌われたくないから、多少自重しなくては」

ようやく婚約者だと名乗りを上げられたばかりだ。

既成事実を早々に作れてよかったかもしれない。これで彼女は、自分から離れることはなくなったのだから。

——俺のことを知っても、キアラは逃げ出さないでくれるかな。

幼少期の頃の玩具や洋服など、キアラが関わっているあらゆる思い出をレアンドルが蒐(しゅう)

集していると知ったら、さすがに絶句するだろうか。

それには彼女の兄も関わっているとなれば、兄妹仲に亀裂が入るかもしれない。

だがたとえ彼女に捨ててと言われても、今の所有者はレアンドルだ。絶対に捨てることはできない。

レアンドルがキアラの子供服を見つめては、彼女の成長に思いを馳せていたなど、彼にとっては美談でしかない。

それほど初恋は強烈で、ずっと傍にいたかった相手なのだから。

――恋は人をおかしくさせる。俺はずっとおかしかったのかもしれない。

キアラと出会って、心が通じてからも変わらないだろう。

愛しい彼女の寝顔を眺めているだけで興奮できるなど、キアラが知ったら逃げるだろうか。

キアラが全速力で逃げたら、レアンドルでも追い付けるかどうか怪しいところだ。彼女の脚力はとても令嬢のものとは思えない。

「この引き締まって美しい脚は日頃の鍛錬のたまものだな。他の誰にも見せてはいけないし、触らせてはダメだよ？」

そっとキアラの脚を持ちあげて、ふくらはぎに頬ずりをする。

すらりと長くて適度に筋肉がついた脚の脚線美は、後世に残しておきたいほど素晴らしい。キアラの脚を模って石膏像を作成したいほどに芸術性が高いと思っている。なにより彼女の足から繰り出される蹴りには目が奪われた。あの素早さと的確さは、日頃の鍛錬とセンスがなければ出せないものだろう。

——だが少しお転婆すぎると危険が付きまとう。俺ももっと警戒しなくてはいけなくなるな。

正義感が強いのはいいことだが、危ない目には遭ってほしくない。護身術程度に鍛えてくれるのが一番だ。

思う存分キアラの脚を堪能し、いたるところにキスを落とす。

太ももの付け根付近に赤い花を散らすと、シーツに落ちた破瓜の証が視界に入った。

彼女が乙女だった証。そして自分が花を散らしたのだと思うと、言いようのない高揚感がレアンドルの心を満たす。

「……このシーツは記念に残そう」

洗ってしまうのはもったいない。だがキアラに気づかれたら、衛生的に気持ち悪いと思われるだろうか。

——ならば気づかれにくくするために、シーツを裁断すればいいな。

行為の証が残っているところだけを切り抜いて、キアラと結ばれた記念に取っておきたい。

「ねえ、キアラ……いつかあなたにも俺の気持ちがわかるだろうか。愛する人のものはなんでも飾っておきたいんだと」

ズズ……ッ、と寝ているキアラの蜜壺に復活した楔を埋める。一度出しただけでは、まだまだ満足には程遠い。

好きな人の私物を蒐集したいというのは、きっとファン心理なのだ。そう説明したらキアラも理解できるだろうか。

キアラを起こさないように、レアンドルはゆっくりと律動を開始する。

先ほどは余裕がなくて時間をかけられなかったから、今度はじっくりキアラの快楽を開発したい。

寝ているときに少しずつでも慣れておけば、意識があるときにもっと乱れることができるかもしれない。

「ああ、愛してる。愛してるんだ……あなたの中を俺で満たしたいほどに」

このまま中で果ててしまいたい。

だが結婚式までに子供ができてしまうのは避けるべきだと理性が訴えている。

——理性なんて捨ててしまえばいいのに。

欲望の赴くまま、本能に忠実に生きられたらどんなに——。

思考が闇に落ちかけたとき、キアラが声を漏らした。

「ンン……ぅ」

首を反対側に倒して、こてんと眠ってしまった。よほど眠りが深いらしい。

こんな無防備な姿を晒しているのも、レアンドルへの信頼があるからだ。

もしここで彼女の意に染まらないことをしでかして、信頼を失ったら……婚約を解消されるかもしれない。

——婚約解消なんて絶対に嫌だ。

一度手に入った彼女を失うなんてことがあれば、失恋だけでは済まない。生きる気力を失い、廃人になりかけるかもしれない。

キアラに埋めていた楔をずるりと引き抜く。信頼を失う恐怖から、すっかり元気を失ってしまった。

理性が戻った頭で浴室に向かい、濡れたタオルでキアラの身体を清めだした。

「あなたに嫌われたら生きていけなくなりそうだ」

キアラはレアンドルにとって太陽と同等だ。

生命力に溢れた彼女は眩しくてたまらない。そして彼女の明るさと真っすぐさは、傍にいると心地いい。

「傍にいるためならなんだってする。だから、俺の気持ちを少しでいいから、あなたにも分け与えたい……」

タオルで清めた身体をギュッと抱きしめる。

彼女の負担にならないように気を付けながら、レアンドルは欲望と理性の間で戦い続けたのだった。

◆
◆
◆

翌朝、キアラは伯爵邸に送り届けられた。

家族に心配かけたことを謝り、元気な姿を見せてからレアンドルに贈られたドレスに身を包む。

いたるところにレアンドルがつけた鬱血痕があるため、パティの手を借りずにひとりでドレスを着つけた。

有能な侍女は、婚約者の家で一晩明かしたキアラになにが起こったか予測がついているのだろう。なにも言わないことがありがたい。

「髪の毛は下ろしておきましょうか」

――もしかして首にも赤い痣(あざ)が……？

確かめることは憚られて、キアラはパティの提案に従った。

そしてその日の夕方。予定通りキアラとレアンドルは共に観劇に来ていた。

「身内枠の席って……つまりミカエラ王女の……」

用意されていたチケットは特等席のひとつだ。夫婦や恋人が仲睦まじく観劇ができるような、半個室になっている席に案内された。

「人目を気にせずじっくり観られるだろう？」

レアンドルがキアラをエスコートして先に着席させる。

二人掛けのソファ席は肩を寄せ合って観られるようになっていた。

そっと腰を抱き寄せられると、昨日の熱が再燃しそうだ。キアラの身体が火照りそうになる。

「あの、近いわよ？」

「そうだね。俺としてはあなたをずっと抱っこしていたいんだが」

「舞台に集中できなくなるから却下」

「仕方ない、それなら腰を抱くだけで我慢しよう」

「う……それも集中できなくなるからダメ」

レアンドルのことだ。指先で腰のあたりを撫でて、不埒な動きをするに違いないと思ってしまう。

「……じゃあ、手を繋ぐだけで我慢するか」

それなら、とキアラは承諾した。指を絡めて手を繋ぐ。

手から伝わる体温に神経が集中するが、それも最初のうちだけだった。幕が開けると同時にキアラの意識は舞台の世界に吸い込まれた。

豪奢な衣装と大胆な演出に、惚れ惚れする歌と踊りが観客を魅了する。

呼吸を忘れそうになるほど没頭し、目の前に広がる世界に引きずり込まれる。

――はあぁ……ドキドキが止まらない！　ミカエル様、素敵……！

瞬きすらしたくない。すべてを目に焼き付けたくなってしまう。

圧倒的な存在感で観客の心を奪うミカエルに、キアラは何度でもときめくのだった。

第八章

秋が深まる十一月初旬。

キアラとレアンドルはめでたく婚姻式を迎えていた。

王侯貴族が婚姻式に使用する歴史の古い大聖堂は、その場にいるだけで空気がピリッと引き締まる。荘厳な外観に精緻な細工が施された内装は、伝統と華やかさの両方を併せもつ。

多くの王族や高位貴族が婚姻式を挙げる場だけあり、キアラの緊張感はなかなか治まらない。

キアラは正直、身内と近しい親族だけでささやかな式を挙げればいいと思っていたが、レアンドルの事情を考えればそういうわけにもいかなかった。

彼の父親は現国王の弟にあたるグレイユール公爵だ。この日のために夫婦で領地からやって来ている。

また、二人の婚姻式に参列するため、公爵家と王家に縁のある者が大勢集まっていた。

それを考えるだけで胃の奥がキリキリしそうだし、なにか粗相をしてしまったらどうしようという気持ちにさせられる。

――でも、もうなるようにしかならないわよね。

キアラの隣にはレアンドルがいるのだ。怖いことなどなにもないし、困ったことがあっても彼が対処してくれるだろう。

キアラは新婦側の控室の椅子に座りながら、彼が来るのをじっと待つ。

今日で嫁ぐというのに、不思議と寂しさや切なさはまったく湧いてこない。

「まさか本当に結婚するなんてな……しかも約束の期限よりも早いじゃないか」

「予想外な事件が起きて、レアンドルが婚約者だと気づいたからな」

「綺麗だぞーキアラ！　こうして見るとお淑やかな令嬢に見えるな！」

サム、ウィル、ロブの発言を笑顔で聞き流し、キアラはすでにむせび泣いている父に声をかけた。

「お父様、いい加減泣き止んで。別に永遠の別れじゃないんだから……」

「だって、まだ心の準備が追い付いていなくてな……キアラはお父様と結婚するって言っていたのに」

「いや、言った記憶はないけど」

子供の頃の記憶を捏造されそうになり、咄嗟に否定してしまった。

その光景を、おっとりした母が笑いながら眺めている。

「あなたったら、キアラはいつでも会える距離にいるんだから、そんなに泣くことはないわよ。それにレアンドルさんも騎士団に所属しているのでしょう？　顔を会わせる機会だってあるじゃない」

「いや、近衛騎士団は特殊だから滅多に顔を会わせないんだが」

「娘の晴れ舞台を泣き顔で台無しにしないようにね。はい、ハンカチ」

案外涙もろい父と気丈な母を見守っていると、控室の扉がノックされた。侍女のパティがすかさず扉を開く。

「キアラ、入ってもいいか？」

「レアンドル！　わあ、すっごく素敵ね！　やっぱりあなたは白が似合うわ」

きっちり髪の毛を整えたレアンドルが現れた。

近衛騎士の白い制服もよく似合っていたが、盛装姿はまた違った華やかさがある。

「ありがとう。キアラもすごく美しい……いつもは可愛らしいと思っていたが、花嫁姿のあなたは美しさが増しているな。とても綺麗だ」

可愛いと美しいと綺麗を駆使して褒められると、どんな反応をしていいかわからなくなる。

キアラはうっすら頬を赤く染めて、「ありがとう……」と控えめな返事をした。

花嫁の婚礼衣装は、キアラがレアンドルと結ばれる前から準備されていたらしい。早い段階で仮縫いを終わらせてあり、二人が婚姻を早められたのも事前準備が整っていたからだ。

おかげで数か月早く二人の婚姻式を挙げられることになった。

レアンドルから提案を受けたときは、性急すぎると思ったものだったが、心が通じ合うと一緒に住める日が待ち遠しくなった。

——それにしても、顔も知らない婚約者ができてから一年未満で嫁ぐことになるなんて、思ってもいなかったわ。未来はわからないものね。

白薔薇歌劇団の手伝いとミカエルの応援は継続するつもりだ。

嫁ぎ先によっては理解が得られないだろうと思い、一年間の自由時間を交換条件にしたが、相手がレアンドルとなれば別だ。

彼はキアラに対してとても寛容で、好きなことを存分に楽しんでいいとまで言ってくれたのだ。

警護対象であるミカエラ王女が劇団と王城を往復するため、頻繁に顔出しができるから問題ないのも理由のひとつだ。

——理解のある旦那様でよかった！

レアンドルは、キアラが生き生きとしている姿を間近で見られることがうれしいとまで言ってくれる。こんな風に言われると、キアラも彼に対してもっと自分にできることをしたくなった。

「そうだ、キアラ。今日の式にミカエラ王女が参列することは知っていると思うが……」

「ええ、そうね！　なんて挨拶したらいいのかしら。このたびはご足労いただき大変光栄です、って感じで合ってる？」

「いや、そんなに気を遣わなくてもいい。キアラは主役だから変にかしこまる必要はないが……」

珍しく歯切れが悪い。

予定時刻に間に合わないとでも言われたのだろうか？　と考えていると、ふたたび控室の扉が叩かれた。

パティが扉を開いた途端、いつも冷静沈着な彼女が珍しく目を丸くした。

「やあ、こんにちは。結婚おめでとう、キアラちゃん。と、レアンドル」

「俺はついでか」

レアンドルが苦々しく呟いた。

その視線の先にいたのはミカエラ王女……ではなくて。

「ミカエル様⁉」

男装姿のミカエルだった。

「ちゃんと挨拶するのははじめてだね。キアラちゃんが私のファンだとは知ってたんだよ。いつも手紙をありがとう」

「読んでくれていたんですか……！」

手紙は一方的なものだと思っていた。もちろん返事なんてもらえなくても構わないと。少しでもミカエルの応援がしたいと思い手紙を送り続けていたが、まさか本人に覚えてもらえていたなんて。

――感無量すぎる！

うれしすぎて呼吸困難になりそうだ。すでに胸が苦しい。

「私のファンならミカエラで参列するより、この姿の方が喜ぶかなと思って特別に男装してきたんだけど。どうかな？」

ミカエルが片目を瞑り、キアラにウィンクした。

その仕草と微笑みがキアラの心臓を射貫く。

「～～こ、光栄です！　私のためになんて……しかもこの場にミカエル様がいらっしゃるなんて私、どう言葉をつくしたらいいのか……ああ、興奮しすぎて涙がでてきそう！　夢みたいです！」

呼吸が荒い。感極まって泣きそうだ。

目の前に長年の推しがいる幸せがキアラを殴りにかかってきている。

「私、ミカエル様がすごく好きで憧れで、歌も踊りも素晴らしくて……ああ、語彙力が足りなくてもどかしい！」

「お嬢様、深呼吸をしてください」

「ありがとう、パティ……私、今日死ぬかもしれない……」

パティに手渡されたハンカチで化粧が崩れないように気を付けながら涙をぬぐう。

興奮で胸が苦しい。

「その前に絶対蘇生させる」

レアンドルがそっとキアラの視界を遮った。これ以上ミカエルと接するのは危険だと判断したらしい。

「あ、なんでレアンドル！　ミカエル様が見えない!?」

「嫌だ。あなたの夫は俺だよ？　他の男に興奮する花嫁を見続けるのは気分がいいものではないいな」

「男って、ミカエル様はミカエル様だし！」

「それでも嫌だ」

レアンドルがわかりやすく嫉妬した。

式の本番を控えているだけに、キアラが興奮しすぎないようにと思っているのだろうが、このような機会はもう二度とないかもしれない。

ギュッと抱きしめてくる花婿をどう説得しようかと考えていると、ミカエルが堪えきれないように笑いだした。

「ははは！　あの堅物で恋愛感情なんて一切ありませんって顔をしているレアンドルが、こんなにも感情を露わにするとは……恋ってすごいね～！」

――え、そうなの？　そんな顔で仕事してるの？

ちょっと気になるではないか。レアンドルの職場を見学したくなる。

「余計なことを言わないでくださいね、姫様」

「ふふふ……今日は君の晴れ舞台だし、お邪魔虫はこの辺で退散するよ。じゃあね、キアラちゃん。今度会うときはミカエラかミカエルかはわからないけど。また公演を観に来てくれたらうれしいな」

レアンドルの抱擁からなんとか抜け出し、ミカエルと向き合う。

「はい、次も楽しみにしてます！」

ミカエルは微笑みをひとつ残し、去っていく。

去り際もかっこいい。指先の使い方や所作が洗練されており、美しさの塊であることが窺えた。

控室には嵐が過ぎ去ったような沈黙が降りる。キアラは傍にいるパティの両手を握り、上下に揺さぶった。

「本物だったわー！」

「ええ、本物でしたわ」

「パティも実は興奮してたのね⁉　全然見えなかったけど」

「当然ですわ。顔に出さない訓練はしておりますので。でも、素敵な方でしたわね～うっとりしてしまいます」

「私も後でミカエル様と握手がしたいわ～」

二人の会話にキアラの母も交ざる。男装の麗人は母も大好物だ。

「レアンドル、会わせてくれてありがとう！　こうして挨拶ができたなんて夢みたいだわ」

「あなたに喜んでもらえたのならよかった。……内心は複雑だが」

「まあまあ、そう嫉妬すんなよ。男は心が広くて包容力が大事だっていうからな？」

長男のサムがレアンドルを宥めた。

「そうだよ、狭量な男は嫌われるからね。ところでさ、例のアレはキアラに話したのか？」

次男のウィルが声を潜めて問いかけた。

レアンドルはすぐにアレと言われてピンときたらしい。

「いいや？　まだだな」

爽やかな笑顔で隠し事を匂わせると、キアラの兄二人は顔を見合わせた。

「……まあ、二人の事情だしいいけどな」

「ファン心理だということで、キアラも理解は示すだろうし」

妹の私物（不用品）をレアンドルに売ってお小遣い稼ぎをしていた張本人が助言した。

ウィルの言い分としては、キアラが捨てると判断した不用品を回収後、どのように扱うかまで本人の許可はいらないと思っている。通常玩具や綺麗な古着は、孤児院に寄付されることが多い。

「なんの話？」

パティと母との萌え談から帰って来たキアラが、レアンドルに問いかけた。

レアンドルは慌てることなく、キアラに甘い笑みを向ける。

「あなたを大事にするという話だよ」

「え……そうなの？」

「まあ、そうだな。泣かせたら即決闘を申し込むからな」

「鍛錬を怠っているか定期的に確認したらいいいんじゃないかな」

「それはお兄様たちがレアンドルと手合わせがしたいだけじゃない……」

相変わらず発想が筋肉に支配されている。

妹想いなのもわかっているが、レアンドルが兄たちのおもちゃにされることは阻止しなければ。

「レアンドルと決闘がしたいなら、まずは私の許可を取ってからにしてちょうだい」

「妹のための決闘なのに妹に許可を得るっておかしくないか？」

ウィルが首をひねった。

まともに考えたらおかしいのだが、レアンドルがキアラを泣かすようなことは絶対にしないと断言できる。

「お兄様たちの心配はありがたいけど、レアンドルは私を泣かせたりなんてしないから。決闘はありえないわ。杞憂よ、杞憂」

レアンドルの腕に抱き着き、小首を傾げて同意を求める。

花嫁の愛らしい仕草を見て、レアンドルの目尻が甘く垂れた。

「ああ、そうだな。俺があなたを傷つけることは絶対にしないとこの場で誓おう。それにキアラがサムたちと決闘をするようなことがあれば、俺が先に話し合いの場を設けるから心配しなくていい」

「さすがレアンドル！　頼りがいがあるわ」

すっかり意気投合している二人を見て、キアラの兄たちはやれやれと呆れたようなホッとしたような表情を見せた。

「誰か塩持ってね？」

「こんなところにあるかよ」

「俺当分糖分はいらないわ」

「俺たち三人の中で、キアラの次に結婚するのは誰だろうな」

筋肉自慢の兄弟たちが顔を見合わせる。

「……急に黙らせるようなことを言うなよ、ウィル」

ワイワイとした空気の中、本番を迎える頃にはすっかりキアラの緊張はほぐれており、和やかな空気で婚姻式に挑めたのだった。

グレイユール公爵家の一室にて。

キアラは湯浴みを終えて、夫婦の寝室にやって来た。

公爵家はレアンドルの兄が継ぐが、次男のレアンドルはグレイユール公爵が持つ爵位のひとつ、伯爵領を拝領する予定だ。

その後伯爵家の屋敷に引っ越すが、それまでの間は部屋も十分余っている公爵家の屋敷に滞在したらいいと、レアンドルの両親に懇願されていた。

——まあ、同じ屋敷に住んでいても広すぎて、ご両親に滅多にお会いできないかもだけど。

　王都に構える屋敷ですら豪華なのに、公爵領の屋敷はどれほどのものなのか……広大な敷地と王都の屋敷以上に立派なことだけはわかる。恐らく城と呼べるだろう。

　冬が来る前にグレイユール公爵夫妻は領地に戻るため、使用人以外はレアンドルとキアラだけになる。ちなみにレアンドルの兄は領地経営に専念しており、滅多に王都にはやって来ないらしい。

　新婚初夜としてキアラに渡されたのは、随分色っぽいネグリジェだった。

　肌触りのいいネグリジェに布面積の少ない下着を用意されて、赤面したのは言うまでもない。

　ガウンを着てレアンドルが来るのを待っているが、とても落ち着けそうにない。

　――どうしよう、緊張してきたわ……こんな派手で色っぽいネグリジェを着ているなんて、やる気満々って思われるわよね？

　クローゼットの中にでも隠れてしまいたい。しばらく暗くて狭いところにいたら落ち着けるだろうか。

　だが、そんなところに隠れているのがバレたら、レアンドルが傷つくだろう。それほど抱かれたくなかったのかと落ち込むのが目に浮かぶ。

　キアラとレアンドルがはじめて結ばれてから、二人は肌を重ねていない。

気持ちが高ぶって一線を越えたが、やはり妊娠の可能性は最小限にした方がいいと判断したからだ。

だが、最後までしなくてもやりようはいくらでもあると言われ、挿入以外の経験値は上がった。

レアンドルはキアラを気持ちよくさせることに使命感でも抱いているらしい。

毎回逢瀬(おうせ)のたびに、ねっとりじっくりと快楽を引きずり出されて、気持ちよくさせられてしまうのだ。

――ようやく最後までできると思うと、無駄に緊張するのよね……どうしよう。

今日からこの部屋が二人の寝室になるというのも緊張のひとつかもしれない。

仮住まいとして与えられた部屋は、若い夫婦にふさわしいものだった。

寝室と隣接しているキアラの私室には、文机や来客を招けるような調度品が置かれている。カーテンも絨毯も新調され、調度品も新しく入れ替えたようだ。

シャンデリアが飾ってあるのを見たときは乙女心がくすぐられたものだが、いろいろと慣れるには時間がかかりそうだ。

「ただ待ってるって落ち着かないし……そうだ。まだ見てない部屋があったわ」

キアラの私室以外で続き間になっているのは、応接室の他に浴室と衣装部屋だ。

衣装部屋は夫婦二人の衣装が収納されているらしい。

キアラが持ち込んだドレスや普段着もあるが、レアンドルもキアラ用にいくつか用意してくれたらしい。

なにが衣装部屋に飾られているのかを確認するのもいいだろう。

レアンドルが来るまで緊張を和らげられるかもしれない。

扉をそっと開く。

キアラが想像していた衣装部屋よりも広い空間に、ドレスやワンピースがかけられていた。

「え、広い！　それに予想以上にたくさんあるんだけど」

手前にかけられているのは見覚えのあるものばかりだ。キアラが持ち込んだ衣服が一画にまとめられている。

だがその他はほぼすべて、レアンドルが準備したものだろう。

まだまだ収納できる空間が残っており、まさかこのすべてを服で埋めつくさないよね？という気持ちになる。

――このくらいは当然なのか、レアンドルが気を回しすぎているのか……わからないけど、全部に袖を通さなきゃもったいないわ。

衣装部屋の奥には男性の服がかけられていた。どうやらレアンドルの服は奥に収納されているらしい。

しかしキアラのものと比べると随分と少ない。普段は騎士の制服を着ているため、あまり普段着は必要ないのだろうか。

「……あれ？　なにかしら。もう一枚扉がある」

衣装部屋の奥に一枚の扉を見つけた。レアンドルの衣装に隠れているため、パッと見ただけでは気づきにくい。

――なんだろう。宝物部屋とか？　なーんて、そんなものが迂闊にあるわけないわよね。もしかしたら隠し通路でも存在しているのかもしれない。

公爵家の屋敷ともなれば、侵入者が入り込んだときに外に出られる通路を確保していそうだ。

キアラの好奇心がうずうずと疼く。

鍵がかかっていたら諦めよう。そんな気持ちでそっと扉の取っ手を掴むと、施錠がされていなかった。

――あ、開いてる……！　じゃあちょっとだけ中を覗いてすぐに閉めよう。

少しだけ覗いてみて、好奇心を宥めたらいい。見られては困るのであれば、きちんと施錠がされているはずだ。

扉をそっと開く。

薄暗い部屋に灯りをつけると、そこは隠し通路などではなかった。

「……ん？　子供部屋？」

衣装部屋と同じくらいの広さの、小ぢんまりとした部屋のようだ。

小さな子供服が壁に飾られており、中には古びたぬいぐるみや人形も置かれている。

——なるほど、レアンドルの子供時代の物置ってことね。

彼は幼少期、少女の恰好をして過ごしていたのだから、女児の服があってもおかしくはない。

室内に埃っぽさはないため、定期的に掃除がされているのだろう。空気も澱んでおらず、きちんと換気ができているらしい。

——へ～少し意外だわ。レアンドルだったらなんの思い入れもなく捨てそうなのに。思い出の品は取っておく主義なのかしら。

汚れたクマのぬいぐるみを手に取った。随分とくたびれているが、相当大事にしていたのだろう。

ふと、キアラの中になにか違和感が芽生えた。

「……あれ？　このクマ、私も似たような子を持っていたような……」

隣に飾られている人形は、髪がほつれていた。釦もひとつ飛んでいるのは、子供時代につい振り回して取れてしまったから。

——え？　なんで私、昔を思い出しているんだろう。

どうして釦が取れて不格好になっている人形の理由がわかったのだ。

キアラは子供時代の記憶を遡りながら、部屋に飾られている子供服を観察する。

一見どこにでもあるワンピースが多いが、キアラの記憶と酷似するものがいくつもあった。

子供時代のお気に入りだったワンピースを見つけた瞬間、まさかという疑念が湧き上がる。

「これ、全部私の……？」

「そうだよ」

突然割り込んで来た声に、キアラの心臓が大きく跳ねた。

咄嗟に振り返ると、扉の背にもたれかかるレアンドルが薄く微笑んだままキアラを眺めていた。

「レアンドル……」

「まったく、どこにいるのかと思ったら、こんなところに迷い込んでいたのか。まさか初日で見つかるとは思っていなかったよ」

柔らかく微笑んでいる姿は何度も見ているのに、何故だか少し緊張する。湯上りで湿った髪が色っぽいからだろうか。

しっとりとした色香が漂い、つい見惚れそうになりそうだ。

——って、待って。今そうだって肯定されたのよね？

どういうことなのか確認しなければ、ずっともやもやしてしまう。

キアラはそっと人形を元の場所に置き直し、レアンドルに問いかける。

「ええと、つまり、ここにあるものって、私が使用してたものってこと？　まさか私の子供服や不用品が収納されているなんてことは……」

言葉にすると少々うすら寒い。

レアンドルが一歩、二歩とキアラに近づく。

彼は先ほどまでキアラが眺めていたクマのぬいぐるみの頭を軽く撫でてから、変わらぬ笑みを見せた。

「その通り。キアラがいらなくなった不用品を買い取って、ここに収納しているんだ。あなたの思い出の品を孤児院に寄付するなら、俺がもらっても構わないだろう？」

「え……ええ……？」

そうなのだろうか。

——子供が使って有効活用するのと、蒐集目的で集められるのとじゃ違うと思う……。

本来の目的を果たすのなら、孤児院への寄付が一番いいのではないか。もちろん、寄付をするのはまだ十分綺麗で使用できると判断した衣類と玩具だけなのだが。

——いやいや、汚れて捨てたはずの人形まで交ざっているんだけど？　なんで？

キアラの思考がぐるぐる回る。

なにやら踏み込んではいけない領域に侵入している気がしてきた。

「その、どうやって？　協力者がいなければ、こんなに集められないわよね」

まさかキアラの両親がレアンドルに譲っていたのだろうか。

彼らがそう判断していたのだとしたら、キアラが怒ることではない。多少気持ちがモヤッとすることもなくはないが、時間が解決してくれるはずだ。

「そうだね、もちろん協力者はいたよ。ウィルが俺に厚意で売ってくれたんだ。不用品を孤児院に寄付する前に、ほしいなら売ってあげようと」

「え！　ウィル兄さまが⁉」

――ああー！　その可能性があったわ！

次男のウィルは筋肉の次にお金が好きだ。

伯爵家の次男なのに小銭稼ぎが趣味だという。温和でキアラに優しい兄だったのは、もしかしたら多少なりとも罪悪感を抱いていたからかもしれない。

――……ううん、罪悪感なんてないわ。三人の中で一番の腹黒だもの。

キアラがいらないと判断したものをどう処理するかは勝手だろう？　という声が聞こえてきそうだ。確かにキアラが手放した時点で、所有権を放棄している。

とはいえ、旦那様になった相手の屋敷に、かつて捨てたと思っていた品が勢ぞろいしている衝撃は大きい。

一瞬、嫁ぎ先を誤ったのではないかと思えてしまうほど、キアラの精神は健全だった。

「……レアンドルは、どうしてこんなことを？」

尋ねながらも腰が引けそうになる。

彼のことは変わらず好きだと思うのに、気持ちの処理が追い付かない。

レアンドルは当然のように、キアラに言い聞かせる。

「そんな不思議なことではないと思うが……キアラだってミカエルに関連するものは蒐集したいだろう？　つまり同じファン心理というものだ」

「私は公式で販売されているものにしか手を出さないけど……」

ミカエルの私物をほしいと思ったことはない。ミカエラ王女と同一人物だと知った後となればなおさら。

キアラとレアンドルの心理は別のところにあると告げたが、彼は詳細に語り続けた。

「断られることを承知の上でウィルに訊いてみたら、彼が引き受けてくれたんだ。一人前の騎士になるまでキアラに会わないと決めてても、やはりあなたの成長を本当は間近で見守りたかったから。せめてキアラの私物が傍にあるだけで、俺は自分を鼓舞し続けられたんだ」

――最後なんかいい風にまとめているけども！　やってることは変態っぽいよ⁉

子供服を抱きしめていたりはしないだろうか。

ぬいぐるみくらいは抱きしめていそうだな、と想像する。

「……理由はわかったけど、ちなみに飾ってあるだけよね？　なにか変なことに使ってないわよね」

「変なこと？　たとえば？」

「たとえば……私の子供服と一緒に添い寝したり？」

想像力が貧困なためそのくらいしか思い浮かばなかったが、声に出してみるとひどい。成長途中の少年だとしても、好きな少女の服と添い寝をしているとなれば、公爵夫妻は心配したことだろう。

――随分と公爵夫妻と使用人の方たちに歓迎されていると思ったら、まさかレアンドルのこじらせ具合を知っていたから？

長年の片想いを見守っていただけではなさそうだ。息子がこのような蒐集部屋を作っていれば、いろいろと心配が尽きなかっただろう。

「そんなことはしないよ。ただ眺めているだけで十分だし、俺の一番は生身のキアラだから」

「あ……っ」

腕を取られて引き寄せられた。

正面からレアンドルに抱きしめられる。

レアンドルは薄いシャツしか着ていない。彼の体温と力強さが直に伝わってくるようで、キアラの心臓もドクンと跳ねた。

「ねえ、キアラ。今夜は待ちに待った初夜なんだが？」

「ん……っ、そう、ね」

レアンドルがキアラの耳元で艶めいた声を落とす。そのまま彼女のこめかみにキスをした。

彼の大きな手で頬を撫でられると、なんだか心の靄が晴れていく。

——抱きしめられるだけで落ち着く……。安心感が広がっていくみたい。

キアラの子供服が飾られているくらいなんてことない。

孤児院に寄付するより、彼の心の支えになっていたのであれば、それも一種の有効活用ではないか。

……そう無理やり自分を納得させていると、身体がフッと持ちあげられた。

「え？」

近くの長椅子の上に寝かせられる。

てっきり寝室へ戻ろうと促されるのかと思いきや、まさか押し倒されてしまった。キアラの目がパチリと開き、レアンドルを窺う。

「一体どうし……」

「あなたの思い出に囲まれたまま初夜を迎えるというのも、忘れられない思い出になりそうだなと」

「……え？」

「寝台の上ではこれからも抱き合えるけど、この部屋が見つかった直後に初夜を過ごすのは一度しかないと思わないか？」

——まさか、このまま私を抱くつもりなんじゃ……！

レアンドルに抱きしめられてふわふわしていた頭が瞬時に動きだした。

さすがに想定外だ。こんな初夜は誰も予想していない。

「こ、このまま……って、すごく落ち着かないわよ？」

「そうかな。ではキアラは俺だけを見つめていたらいい」

「いや、そういうことじゃなくって。なんていうか……倒錯的だわ！」

レアンドルの蒐集品に囲まれて、二人の思い出の品を視界に捉えながら交わるというのは一般的ではない気がする。

気になりだすと落ち着かないが、レアンドルは謎のやる気を出してしまった。

「一度終わったらすぐに移動するよ。だからキアラ、ここで一緒に思い出を作ろう」

実にいい笑顔で説き伏せてくる。

レアンドルが眩しい笑みを浮かべながらキアラのガウンを脱がし、絨毯の上に落とした。扇情的なネグリジェ姿が露わになった。

「うう、笑顔が眩しい……！　って、いつガウンを脱がせて……！」

「ああ、すごく可愛いし綺麗だ。このネグリジェは俺を喜ばせるために着てくれたのか……うれしいな」

「ひゃあ……っ」

キアラの小ぶりな胸は、レアンドルにたくさん揉まれて心なしか少し大きく育った。その胸を愛し気に愛撫しながら、レアンドルは薄い布越しにキアラのもう片方の胸にしゃぶりつく。

「あ、あぁ……ンッ」

レアンドルは胸の尖りを摘まみながら、巧みな舌技でキアラの官能を引きずり出そうとする。

最後まで抱かれるのはこれで二度目だが、婚姻式を迎えるまでの間にすっかり快楽に慣らされてしまった。

今では彼に胸を弄られるだけで、キアラの素直な身体は快楽を拾う。キスをされて愛撫をされると、すぐに物欲しそうに愛液を垂らしてしまう。

「ほら、赤い実が透けて見える。すごくいやらしくて興奮する」

胸の頂が唾液で濡れて透けていた。

レアンドルが指先でクニクニと刺激すると、ビリビリとした電流が背筋を駆けた。

「はぁ、ん、アァ……ッ」

腰がビクンと跳ねた。

濡れた秘所が下着に貼りついて気持ち悪い。

身体はすっかり敏感になり、些細な刺激すら快感に変えてしまう。胎内に熱が蓄積され、キアラの肌は薄桃色に染まっていた。

「ああ、物欲しそうな顔をしている。すごく綺麗だ。脱がせてしまうのがもったいないな……」

彼はそう囁くと、薄地のネグリジェの裾から手を侵入させて、キアラのなだらかな腹部に触れた。

まるでキアラの神経を向けさせるように、ゆっくり下腹をさすってくる。

「んん……っ」

「ここは俺とキアラの大事な場所だから、たくさん気持ちよくなって」

気持ちよさを意識した途端、キアラの蜜壺がさらに蜜を分泌した。

少し太ももをこすり合わせるだけで、ぐじゅりと淫靡な音が響いた。これでは早くレアンドルに触れてほしいとねだっているようだ。

「こっちにも触れてほしい？」

レアンドルの指が下着の中に潜り込んだ。

泥濘(ぬかるみ)に指が埋まっていく感覚に、キアラの期待がこみ上げてくる。

「ん、ふぁ……」

「もうこんなにとろとろにさせてたんだな。すごく熱い」

声の温度が上がった気がした。

レアンドルの吐息も熱っぽい。

――あ、中が指でいっぱい……。

すんなり指を飲み込んでしまう。圧迫感はなく、無意識にぎゅうぎゅうと彼の指を締め付けた。

「キアラ……」

隠しきれない劣情が海色の目に宿っている。

今すぐにでも貪りたいと、その目が雄弁に語っていた。

――私も……貪ってほしい。

キアラはそっと両腕を上げて、レアンドルの首を引き寄せる。

顔が近づき、彼の唇をそっと奪った。

「……っ」

「キス、したい……」

恥じらいつつレアンドルにねだると、望み通りに唇を合わせてきた。触れ合うだけでは到底足りないと言わんばかりに、喰らいつくようなキスでキアラを翻弄する。

「ンンーーッ」

激しいキスにも随分慣れた。

唇が合わさるだけではなく、互いの呼吸も奪いつくすようなキスをされると、不思議と胸の奥まで満たされていく。レアンドルに求められているのだと実感できるからだろうか。

——え、同時に……⁉

キスをされながら、膣を埋める指がバラバラと動く。

弱いところを集中的に刺激されながら、親指でグリッと花芽を刺激された。

声にならない嬌声が上がったが、すべてレアンドルの口内に飲み込まれた。

——アァ……ッ！

頭が白に染まっていく。

快楽の高波に攫われるように制御が利かず、全身から力が抜けた。

レアンドルの舌に翻弄されながら唾液が顎を伝う。もはやどこから水音が聞こえてくるのかもわからない。

「キアラ……我慢できない。もうこのまま抱かせて」

ネグリジェも下着も身に着けたまま抱くつもりらしい。

レアンドルもシャツの釦を数個外しただけの姿で、すでに臨戦態勢になっている屹立を取り出した。

キアラの下着を横にずらし、ぐずぐずに溶けた秘所に先走りを塗りつけてくる。

「ア、あぁ、ン……っ」

「熱い……たまらない」

グプン、と先端が飲み込まれ、キアラの隘路を押し進めていく。

「ンゥ、アァ……ッ」

膣壁はキアラの蜜で潤っており、レアンドルの侵入を容易く受け入れた。

二度目の交わりは痛みも苦痛もなく、すんなりと最奥まで到達する。

胎内を満たす欲望の存在が愛おしい。達したばかりで思考はうまくまとまらないが、この圧迫感は彼とひとつになれた証拠だ。

「ん……、苦しい?」

レアンドルが吐息混じりに問いかけた。彼の声に滲む余裕のなさが、キアラの胸を甘く焦がす。

「い、いえ……大丈夫」

繋がれたことがうれしい。

彼がキアラの不用品蒐集家だと知っても、こうして喜びを感じるほどにキアラはレアンドルのことを愛している。

たとえこんな倒錯的な場で初夜を迎えたとしても、いざ行為をはじめてしまえば周囲なんて気にならない。多分。……我に返ると頭を抱えるかもしれないが。

——それでも、レアンドルと離れたいなんて思わないもの。

ちらりと視界の端に見えてしまう様々な思い出の品……純粋だったあの頃には戻れないのだと語り掛けてきているようだ。

やはり一般的な趣味ではないと思うが、裏を返せばすべてキアラへの愛情故の暴走だと言える。

キアラの幼少期しか愛せないと言われたら別の問題が浮上するが、彼が今愛を語っているのは目の前のキアラだ。

——大丈夫、このくらい……多分慣れるわよね。

レアンドルはこの部屋に入り浸っているわけではなく、ただの保管場所だと思えばいい。

それにこうして身体を繋げて気遣う姿を見れば、レアンドルの愛情はキアラに向けられているのだと実感できる。

「キアラ、激しくしたらすまない……」

レアンドルがキアラの両腰を持ち、最奥を穿(うが)った。子宮を突き上げる衝撃に、知らず嬌

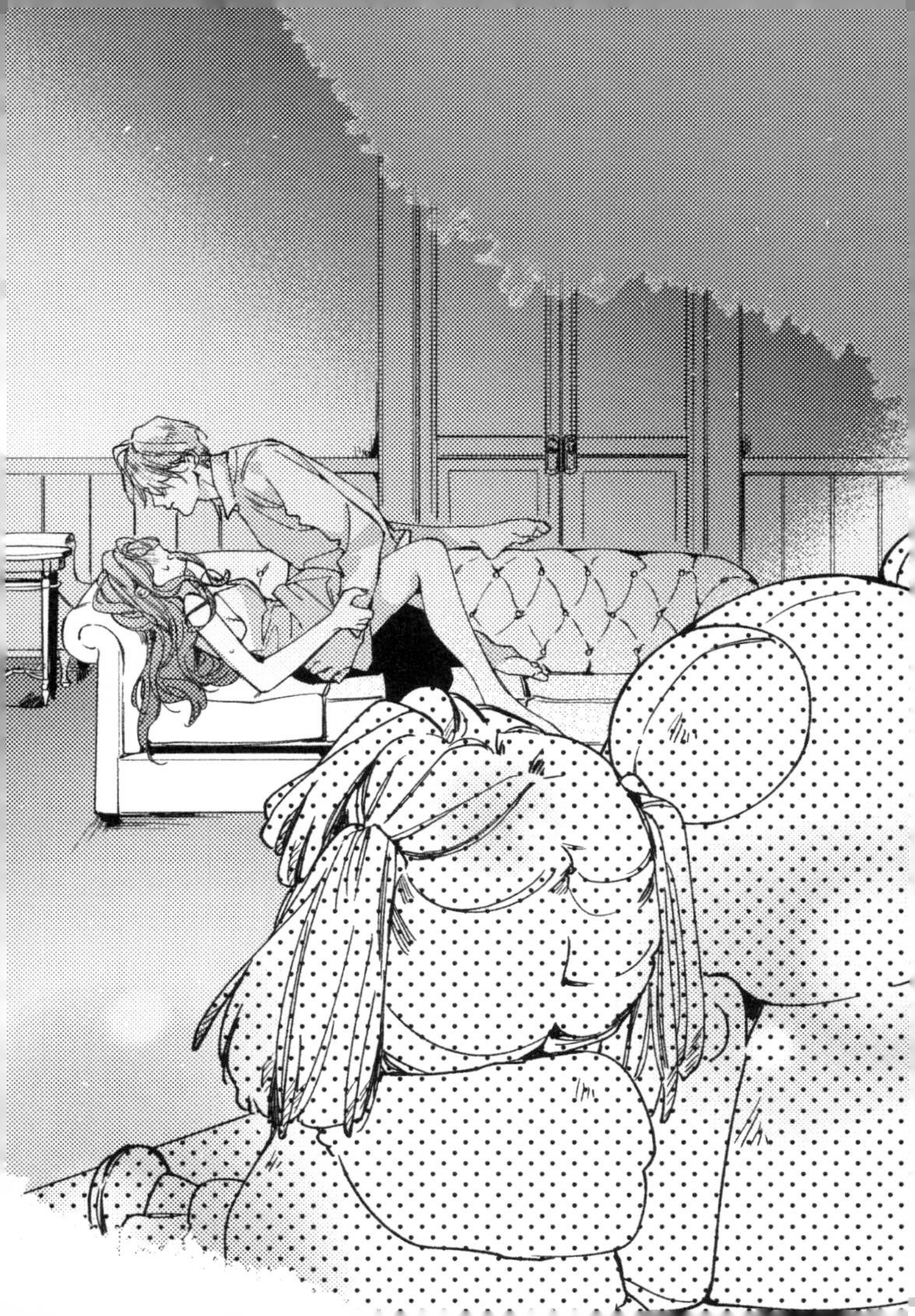

声が漏れてしまう。

「あッ、ひゃ、あぁ……っ」

水音と肉を打つ音が響く。

――でもまさか、こんな、服も着た状態で……初夜ってこういうものだっけ？

まとまらない頭で思考を働かせるが、やはりうまく考えることができない。

的確に気持ちいいところを刺激されると、キアラの思考は快楽に塗りつぶされた。

真っすぐ自分だけを見つめて求めてくれるレアンドルが愛おしい。海のように深いサファイアブルーの目には、隠しきれない情欲が灯(とも)っている。

激しい炎はどこか仄暗(ほのぐら)い色を宿しているが、それすら自分に向けられた執着のようで、キアラの心を不思議と満たしていく。

――もう、なんでもいいかもしれない……この人が私だけを想ってくれるなら。

彼は全身全霊で好きだと訴えているようだ。

身体中を愛撫されてキスをされて、感情をぶつけるように抽挿が繰り返される。

先ほどまでレアンドルが触れていた下腹にそっと触れる。手のひらから彼の雄の存在が感じられた。

――ああ、うれしい……。

美しい騎士は自分だけの夫なのだ。

眉根を寄せて快楽に耐えている表情を見ているだけで、キアラの胸がキュンと高鳴る。

「……ッ！　キアラ、あまり締めないで……」

「ン……なぜ？」

長椅子の上では思うように動けない。

一度出して、互いに落ち着いてから寝台の上で抱きしめ合いたい。

キアラがレアンドルを締め付けたのは無自覚だが、早く吐精を促した方がいいだろう。

「レアンドル……早く、お腹にちょうだい？」

彼の手を自身の下腹に導いた。

新妻のおねだりを受けて、レアンドルは苦悩めいた吐息をこぼす。

「キアラ……、ッ」

ぎゅうっと抱きしめられて子宮口をトントンと叩かれた直後、レアンドルの白濁がキアラの最奥に噴き付けられた。

「アァ……っ」

じんわりとしたなにかが胎内に広がっていく。

お腹の奥で彼の精を受けたのはこれがはじめてだ。

——なんだか気持ちいい……。

一日中忙しかった疲れが今になってやってくる。

このまま寝てしまいたい。

心地いい疲労がキアラを夢の世界へ導こうとするが、レアンドルの雄が硬度を取り戻した。

――え？

パチリと目を開けると、レアンドルは少しすっきりした面持ちで輝かしい笑みを浮かべている。

「まさかこれで終わりだなんて思っていないよね？」

「……ええ？　でも今終わったのよね？」

「いいや、まだ前菜しか味わってない」

――今のが前菜？

復活するにしても早すぎないか。

「キアラのおねだりが可愛すぎて出してしまったけど、次はもっと時間をかけてキアラを満足させるから……まだまだ付き合ってもらわないと。夜はこれからだ」

「ン――ッ！」

ゴリッと奥を抉(えぐ)られた。

キアラの腰に甘い痺れが駆ける。

――まさか、またここで……⁉　先ほどは一度終わったら移動するって言ってたけど……！

「いや、でも待って、一旦抜いて？」

移動するにしてもこのままでは歩けない。

しかし、レアンドルは実にいい笑みでキアラの腰を抱き寄せる。

「抜く必要はない。俺がこのままキアラを運べばいい」

「っ！　え、ええ……！」

「首に腕を回して。両脚は腰に」

レアンドルがゆっくりとキアラを抱き上げる。

キアラは咄嗟にレアンドルに抱き着くと、彼は難なくキアラを抱えて歩きだした。

――嘘……！

腰は大丈夫なのか、どんな筋力をしているのかと問いかけたいが、キアラもそれどころではない。

「これ、歩くたびに奥が……あぁ！　ンゥ――ッ」

「ああ、すごいな。締め付けられて、振動も気持ちいい」

どことなく機嫌のよさそうな声が鼓膜をくすぐってくる。が、こんな体勢は双方にとって負担だらけだ。

――早く下ろして……！

嬌声が零れるのを耐えながら衣装部屋を通り抜けて寝室に戻り、ようやく寝台の上に下ろされた。

これで安心できると思ったが、まだ甘かった。

「妻が可愛すぎて今夜は寝かせられないな……せっかくだし朝まで頑張ろうか」

「っ！　た、体力が違うから……！」

「キアラは十分体力があるから自信を持っていい」

謎の励ましを受けるがまったく喜ばしくない。

「待って、一旦抜いて……」

「いっそのこと一度も抜かないままどこまでできるか、試してみるのもいいな」

「結構ですぅ……！」

――こんなことを試してみようなんて、もしかしてレアンドルも十分脳筋だったんじゃ……⁉

騎士の体力に一般的な令嬢が付き合いきれるわけがない。

キアラは多少身体を鍛えることが趣味で体力に自信があっても、さすがに限界が近かった。

朝まで一度も抜かずに付き合えるかを試してみるなど、騎士以外からは絶対提案されないことだろう。

——脳筋の方向性がお兄様たちと違うだけで、レアンドルも同類だった？　お兄様たちと仲がいいってことはつまり……。

「紐(ひも)で結べる下着って便利でいいな。ほら、繋がったままでも脱げた」

「え……あっ！」

いつの間にか下着を脱がされて、ネグリジェだけの姿にさせられていた。

腰をグッ、グッと押し付けられながら、レアンドルも自身の衣服を脱ぎ始める。

——こんな卑猥(ひわい)な恰好のまま、レアンドルが服を脱ぐ光景を目の当たりにするなんて……！

「俺の肌に興奮してる？　中が締まった」

「ち、ちが……！」

「安心して。もうキアラ以外には肌を見せないから」

そんなことを心配しているのではない。今夜の睡眠がとれるかどうかの方が率直に不安だ。

「レアンドル……今夜はあと何回をご希望で……」

「あと五……三回かな」

——あと五回って言いかけた！

最低三回は付き合わされることが確定した。キアラの意識がフッと遠のきかけるが、気絶できるまでではない。

「次はもっとキアラを満足させるから」

両脚を持ちあげられて、律動を開始される。

「ひゃ、あぁっ、ン……ッ！」

——もう満足してるから……！

キラキラの笑顔を向けられると同時に妖艶な色香が漂う。

熱の籠もった瞳には隠しきれない情欲が灯っていた。見つめられるだけで身体がその場に縫い留められてしまいそう。

——じっくり眺められているだけで、視姦されている気分だわ……！

むしろねっとりという表現の方がぴったりかもしれない。

レアンドルの吐息にすら身体が反応しそうになる。すべての神経が彼に向かっているみたいだ。

「キアラ、目を背けないで。俺だけを見て」

「……っ！　む、無理……！」

「なんで？」

小さく微笑をこぼすと同時に、レアンドルがキアラの右脚の膝小僧に音を立ててキスをした。

チュッと響いたリップ音すら淫靡に聞こえる。

キアラの中は無意識にレアンドルの雄を締め付けてしまうが、一度精を放ったことで彼はまだ余裕を保てるらしい。

「そ、んな……色気過多な顔で見つめられたら、今すぐ赤ちゃんできそう……」

「色気過多なんてはじめて言われたが、赤ちゃんという響きはいいな」

チリッとした痛みが伝わる。どうやら脚に赤い花が増えたようだ。

「……レアンドルは、赤ちゃんほしいの……？」

キアラは正直なところ、まだ妊娠は考えられない。

大好きな人の子供をいつかは産みたいが、結婚したばかりなのだ。もう少し二人きりで過ごせる時間がほしい。

レアンドルはキアラの脚をシーツの上に下ろすと、するりと太ももに手を滑らせる。

そのままネグリジェの裾をまくり上げて、ゆるゆると腰を押し付けながらキアラの下腹にトントン、と指を押し当てた。

「子供はとてもうれしいけど、今すぐほしいわけではないな。俺はもっとキアラを愛する時間を大事にしたい。まあ、こればかりは授かりものだからな……だが俺はいつできても喜ぶ未来しか思い浮かばない」

キアラもその意見と同じである。

大好きな旦那様との子供ができたら、喜ぶ未来しかないだろう。

「私も……いつか子供はほしいけど、もっと二人だけの時間もたくさんほしい」

「……そうだな。俺も可愛い妻を独占したい」

繋がったまま、レアンドルがキアラの身体を起こした。

「アァ……ッ」

膝の上に乗せられると、重力でより深く彼の楔を受け入れてしまう。

思いがけず奥深くに彼を招き入れてしまい、その衝撃でキアラの声から艶めいた声が漏れた。

「レアン、ドル……」

「ああ、こうするともっとあなたと密着できる」

サッとネグリジェを頭から抜き取られて、ギュッと抱きしめられる。

素肌に伝わるレアンドルの体温が心地いいが、なんだか眠れない夜の幕開けに思えてならない。

抱きしめられたまま背中をまさぐられる。

背骨に沿って指を這う感触がまざまざと伝わり、くすぐったさとも違ったなにかがこみ上げてきた。

「ンゥ……っ」

「もっと可愛い声を聞かせて」

耳朶に声を落とされながら、カプリと耳殻を食まれる。

レアンドルの耳に心地いい声を直接吹き込まれるだけで、身体の芯が熱くなる。

キアラの素直な身体にぞくりとした震えが走った。お腹の奥が先ほどよりずっと熱くて、レアンドルの欲望をきゅうきゅうと締め付けてしまう。

「あぁ、ン……あつい……」

早く中に彼の精がほしいのだと、本能が訴えているかのよう。

「っ……、キアラの締め付けがたまらない……」

レアンドルはギュッと眉根を寄せて耐えている。キアラの腰に両手を添えて、ゆさゆさと上下に揺さぶった。

「ンァ、アァ……ッ」

じゅぷじゅぷと卑猥な水音が繋がった箇所から聞こえてくる。

キアラの愛液はとめどなく溢れ、下肢を濡らす。

結合部から垂れた蜜がレアンドルまで濡らしていると思うと、言いようのない羞恥がこみ上げてきた。

――なんだか、クラクラする……。

酸素がうまく吸えていないのかもしれない。必死にレアンドルにしがみついていないと、波に攫われてしまいそう。

「キアラ、ちゃんと摑まってるんだ」

身体が傾かないように、キアラはレアンドルの肩に手を乗せる。

彼の腕が腰に回されているが、気を抜くとすぐに崩れ落ちそうだ。

――なんだか……、乗馬の練習を思い出すんだけど……？

兄たちに鍛えられて、キアラはひとりで馬にも乗れる。子供の頃に領地で乗馬の練習をしたのを思い出すなんて……と意識が変な方向に飛びそうだ。

新婚初夜なのに、新妻が上に乗るのは一般的なのだろうか。

夫に支えられながら、キアラもぎこちなく腰を揺らし、気持ちいいと感じる箇所を無意識に探る。

一般常識がなんなのかはわからないが、こうなってしまったものは仕方ない。キアラとてレアンドルと密着できる体勢は望むところなのだ。

「はあ……、キアラの全部が可愛いくてたまらない……この小さな蕾も淫らに熟れておいしそうだ」

胸の尖りをキュッと摘ままれた。

「はぁ、んん……っ」

キアラの胸はまだ理想的な大きさとは言えないが、これからも好きな人にたくさん触られて育ってほしい。

レアンドルがキアラを寝台に倒した。

ふたたび仰向けに押し倒されて、片脚をグイッと大きく広げられる。

「キアラ……」

「ン……ッ」

甘い声で名前を呼ばれると、反射的に中が収縮した。

膣壁がレアンドルの雄を強く締める。

「ッ……、ダメだ、もう……」

レアンドルの限界の声を聞いたと同時に、膨らんだ花芽をグリッと刺激された。

「ン、アァ――……ッ！」

胎内で燻っていた熱が一気に放出される。

身体が高波に攫われてしまいそうだ。

視界がチカチカと揺れて、ギュッと瞼を閉じた直後。身体の奥にレアンドルの熱を感じた。

「はぁ……っ」

仰向けのままギュッと抱きしめられる。

うまく体重を分散しているため重さは感じないが、少し汗ばんだ肌が密着するのも心地いい。

「……もう少し保つと思ったんだが、気持ちよすぎて我慢ができなかった」

額に汗で貼りついた前髪をそっとどけられる。

優しい指先に安堵感を抱きつつ、キアラは乱れた呼吸を整えていた。

「それは、よかったわ……」

満足してもらえたなら妻としてもうれしい。きっとレアンドルとの身体の相性がいいのだろう。

「もっとキアラを気持ちよくさせて、たくさん感じさせたかったんだが」

「っ！　いえいえ、十分……お腹いっぱい……」

「次はまた体位を変えようか。それで最後はあなたが気に入った体位で繋がろう」

「ひ……んっ！」

——次の次まであるの⁉

「あ、待っ……！」

レアンドルは硬度を失った屹立を抜くと、キアラの身体をうつ伏せにさせた。

そのまま腰を高く持ちあげて、泥濘にふたたび挿入する。

先ほどまで力を失っていたのに、一体いつ復活したのだ。

あまり働かない頭で考えるが、キアラの乏しい知識ではその謎を解明できない。

「背後から挿入すると、ほら……また違う角度を味わえる」

「え……、アァ、ンぅ……ッ！」

グチュン、と淫靡な水音を奏でてふたたび奥深くにレアンドルの欲望を飲み込んだ。

声を出そうとしても、もはやキアラの口からは艶めいた嬌声しか出てこない。

──初夜に三回も四回もするのは普通なの……⁉

わからない。もうなにもわからない……。

キアラの心の悲鳴はすぐに嬌声に変わる。

何度も気を失ってしまいたいと願ったが、キアラは自分で思っていた以上に体力があったのが仇になった。

結局空が明るくなるまで一睡もすることなく、レアンドルから与えられる甘い責め苦を味わい続けたのだった。

エピローグ

誘拐事件を起こしたアッシュベルト商会の三代目は、王都から追放処分となった。

手広く商売販路を広げ、多くの貴族を顧客に持っていたが、王都の治安を乱し伯爵令嬢の誘拐事件を企てた罪は軽視できない。

レアンドルとしては二度とキアラと関わらないよう国外追放が望ましかったが、幸い実害はなかったため、王都追放が妥当と判断された。

アッシュベルト商会は国内の商会の中でも上位の規模を誇っていたが、今回の処罰によって大打撃を受けた。

王都での商売はすべて停止。また追放に伴い貴族からの信頼を失ったため、商会は破産寸前まで追い込まれた。今後アッシュベルト商会が信頼を取り戻すのは容易ではないだろう。

若い女性たちを屋敷に囲っていた男は一気に老け込み、屋敷を売却。ひっそりと田舎へ引っ越し、隠居生活を送ることになったらしい。

そして誘拐改め、家出をしてきた訳ありの女性たちは、白薔薇歌劇団が引き取ることとなった。

慈善事業の一環でもあり女性の社会進出への手助けとして、職を探している女性たちの自立を支援する。衣食住を保障し、歌劇団の寮の設立が進められた。

彼女たちの適性を見て歌劇団の次世代を担う候補生とするか、裏方で働くかの選択肢を与えると、嬉々として各々の特技を活かせる場を選んでまい進しているらしい。

元々歌劇団の団員は素性を隠している者が多いため、彼女たちの隠れみのとしての親和性も高い。

今回の家出女性の自立支援、寮の設立、次世代の育成計画はミカエラ王女が発案し、とんとん拍子で進められたのだ。

様々な事情で困窮している女性が安心して暮らせる寮を作り、自立を支援することで犯罪に関わらずに生きていける。そんな環境作りへの試みは多くの国民、特に女性から高い賛同を受けることとなった。

レアンドルと婚姻してから半年後。キアラは衝撃的な報せを受けた。

「……ミカエル様が、退団……！」

新聞の一面を飾るミカエルの写真と白薔薇歌劇団の発表に、キアラは呆然と立ち尽くす。

白薔薇歌劇団は退団すると同時に素性を明かすことが多い。例にも漏れずミカエルも実は末の王女であると公表された。

レアンドルに向けての好きとミカエルへの憧れは別なので、変わらずミカエルが退団するまで応援すると決めていたのだが……その早すぎる退団の報せに衝撃を受けた。

「退団の話はもっと前から出ていたんだが、これでも延期していた方なんだ。あの方は現在婚姻可能な最後の王族だしな」

ミカエラの兄たちには息子がいるが、最年長の王子が先日八つになったばかり。独身で結婚適齢期の王族はミカエラ王女のみになっていた。

「次の公演で最後……その後は隣国の王子に嫁ぐって……」

隣国の第二王子の評判はキアラの耳にも届いている。

年齢は二十代後半で文武両道と名高く、剣術にも秀でているそうだ。

誠実な人柄で硬派かつ、精悍な顔立ちの美丈夫。国民からの支持も高く、女性関係の浮いた話は一切聞かないとか。

「政略結婚なの？」

「という声もあるが、実は王女の一目惚れだ」

「ええ！」

手のひらで人を転がすのが好きなミカエラ王女が好きになった人物。キアラの好奇心が刺激される。

「女性慣れしていない堅物の王子を魅了していく過程が大好物だと言っていたが、これは俺の独り言だから聞かなかったことにしてほしい」

「ひゃあぁ……素敵！」

ぜひともその様子を間近で観察したかった。

ミカエルのファンなのに、キアラはいつの間にかミカエラ王女のこともファンになっていたようだ。祝福と今までの感謝をぜひ伝えたい。


ほどなくして願いが叶い、キアラはレアンドルとともに最後の舞台を涙ながらに堪能した。楽屋で一言挨拶し、これまでの感謝を述べる。

「ミカエル様……ううん、ミカエラ殿下が幸せならそれが一番です」

「ありがとう。やっと最後の大仕事がひと段落したからね。私の王族としての義務は果たせたと思うよ」

――あ、白薔薇歌劇団の自立支援のことね。

ミカエラ王女が女性の社会進出と支援を行ってきたことは、先月新聞で大々的に報道された。

そして王女が白薔薇歌劇団のミカエルだと公表されたことで、歌劇団の知名度はますます上がっている。

今では市井の少女たちの憧れの職業一位が歌劇団の歌姫だ。

次世代への育成にも力を入れると公表したことで、これまで狭き門しかなかった劇団員のオーディションに新たな枠が加わった。候補生として入団するなら将来性を第一に考えられるらしい。

また、舞台の裏方を育てる枠も加わり、歌劇団は一層賑やかになりそうだ。

――以前に増して歌劇団に注目が集まっているから、これはチケット争奪戦の倍率が上がりそうね……！

推しが卒業しても白薔薇歌劇団は続く。キアラはずっと大好きな歌劇団を応援し続けると決めた。

「殿下の幸せをこれからも願ってます。今までたくさんの夢や希望を与えてくださり、ありがとうございました」

花束と祝いの品を手渡すと、男装姿のミカエラは清々(すがすが)しい笑顔を浮かべた。寂しさが残りつつも、やり切ったという感情が伝わってくる。

「私の方こそ、今まで応援してくれてありがとう。キアラちゃんのようなファンがいて、私は幸せ者だ」

キアラの頰に親愛のキスが落とされた。

その瞬間、キアラの涙腺が崩壊する。

「一生ファンです……！」

「ははは！　それはうれしいな」

キアラが滂沱（ぼうだ）の涙を流しながらミカエラと握手を交わす。

彼女の背後に控えるレアンドルは笑顔のまま嫉妬する。

ミカエラは嫉妬深い男の視線を受けて、ふたたび笑いだしたのだった。

あとがき

こんにちは、月城うさぎです。

ありがたいことにヴァニラ文庫様より六冊目の書き下ろしを刊行させていただきました。

『ヤンデレ王族騎士の執愛からは逃げられない～』いかがでしたでしょうか。

以下ネタバレを含みますので、本編読了後にお進みください。


今作のヒロインは庶民的な伯爵令嬢です。貴族令嬢は日常的に豪華なドレスを着るような時代ではなく、ワンピースや動きやすいオシャレ着を好んでいるので、いつもの世界観よりは近代寄りだと思います。

快活で明るくて健康的なキアラと、一途（で済ませられるのかわからない）なヒーローとの明るいラブコメになっていたらいいなと思います。

二人の出会いは路地裏でしたが、彼はキアラの行動やスケジュールをキアラの兄経由で把握済みなので……きっといつ出会いを演出するか考えていたことでしょう。

作者は不憫なヒーローが好きなので、ミカエラ王女はいい仕事をしてくれました。彼女がどうやって隣国の王子を落としたのか気になるところです。

ちなみにミカエルの名前の由来は大天使からですが、この名は国によって呼び方が異なります（マイケル、ミヒャエル、ミシェルなど）。今回はあえて国のモデルを作らないでいたためそれらは避けて、一番聞き馴染みのあるミカエルを選択しました。

キアラの兄のウィルとロブも、アメリカですと別の愛称（ウィリアム＝ビル、ロバート＝ボブ）があるのですが、こちらもややこしいので避けてます。

三兄弟の中で一番早く結婚しそうなのは三男な気がしますね……あとゴリラはかっこいいよ！　ぜひお兄ちゃんたちはイケメンゴリラを目指してほしいです。

レアンドルのストリップシーンはＮＧが出るかとドキドキしてましたが、大丈夫でした！　よかったです。自分がモデルになると言ってしまえるヒーローは、羞恥心がないのかもしれません。ギリギリまで脱がせてもよかったかもしれない……。

作中でキアラが、自分の感情に名前がほしいと言っていた場面がありますが、

Ｑ：「通常とは違う側面を見せられたときに感じる高揚感」

Ａ：ギャップ萌え

さすがに「ギャップ萌え」を的確に表せられる言葉は作れなかったです（笑）。言葉っ

て難しい……。

ところで、結婚したばかりの夫が実は妻限定の不用品蒐集家だったと知ったら、「しばらく冷静になりたいので別々に寝よう」と言われても仕方ないと思うのですが……キアラの心が広くて、レアンドルは救われました。

ちなみに、〝子供の頃から想い続けていた女性との思い出の品を秘密の小部屋に保管していたヒーロー〟はもう一人います。

ヴァニラ文庫様の三作目、『王子さまの溺愛は暴走中～』のヒーローはヒロインに隠し通しましたが、レアンドルは隠し通せなかったパターンです。

別ルートになると二人の初夜が思い出の部屋で……となるんですね……。

ヒロインに隠し通したパターンも気になる方はぜひ、そちらもお読みいただけますと嬉しいです。

イラストを担当してくださった篁ふみ様、素敵なふたりをありがとうございました。バックハグに大変萌えました！　執着が表れていてとてもおいしいです。

担当編集者のH様、今回も大変お世話になりました。プロットで笑っていただけてよかったです！

この本に携わってくださった校正様、デザイナー様、書店様、営業様、読者の皆様、ありがとうございました。少しでも楽しんでいただけましたら嬉しいです。

ヤンデレ王族騎士の執愛からは逃げられない
～期間限定の恋人と××活⁉～

Vanilla文庫

2023年3月20日　第1刷発行　定価はカバーに表示してあります

著　者　月城うさぎ　©USAGI TSUKISHIRO 2023
装　画　篁ふみ
発行人　鈴木幸辰
発行所　株式会社ハーパーコリンズ・ジャパン
東京都千代田区大手町1-5-1
電話　03-6269-2883（営業）
0570-008091（読者サービス係）
印刷・製本　中央精版印刷株式会社

Printed in Japan ©K.K. HarperCollins Japan 2023 ISBN978-4-596-75453-0